Une attirance interdite

Chère lectrice,

L'hiver est souvent synonyme de morosité : on grelotte, on ne supporte plus la grisaille et les beaux jours semblent si lointains. Que diriez-vous de passer une douillette soirée d'hiver au coin du feu, à savourer une bonne tasse de chocolat ? N'est-ce pas un programme réconfortant ? Et pour agrémenter ces instants précieux de cocooning, vous pouvez toujours vous plonger dans un roman Azur. Ce mois, je vous recommande tout particulièrement l'histoire bouleversante de Callie (*Par devoir, par amour*, Azur n° 3317), éprise du beau Eduardo Cruz, un homme arrogant et impitoyable qui ne veut l'épouser que par devoir. Rien ne vous empêche non plus, par la magie de la lecture, de vous évader, loin de nos latitudes enneigées, pour des contrées plus ensoleillées. Il vous suffira pour cela de suivre les traces d'Iris (*Conquise par le cheikh*, Azur n° 3323), partagée entre le désir fulgurant qu'elle éprouve pour Asad et sa crainte d'être trahie à nouveau.

Autant d'aventures intenses et passionnées qui réchaufferont agréablement vos soirées d'hiver…

Bonne lecture,

La responsable de collection

MAISEY YATES

Une attirance interdite

collection Azur

éditions HARLEQUIN

Collection : Azur

Cet ouvrage a été publié en langue anglaise
sous le titre :
A ROYAL WORLD APART

Traduction française de
CELIA VAL

83-85, boulevard Vincent-Auriol, 75646 PARIS CEDEX 13.
Service Lectrices — Tél. : 01 45 82 47 47
www.harlequin.fr
ISBN 978-2-2802-7884-3 — ISSN 0993-4448

1.

Makhail Nabatov sortit de voiture en claquant la porte et fit rouler ses puissantes épaules, dans une vaine tentative de dissiper la tension qui nouait ses muscles.

La princesse avait recommencé. Evangelina Drakos avait de nouveau échappé à la vigilance de son garde du corps. Et c'était la troisième fois en trois semaines ! Comment avait-il pu laisser commettre une erreur aussi impardonnable ?

Makhail n'était pas homme à tolérer l'erreur, qu'elle quelle soit. Ne serait-ce que renverser du café sur son costume en conduisant lui était déjà intolérable ! Rien ne pouvait justifier qu'il ait laissé filer la fille du roi Stephanos alors qu'il était en charge de sa protection… D'habitude, il ne se laissait pas affecter aussi facilement par une situation compliquée. Mais là, c'était différent : il était bien placé pour savoir combien tout manquement à la discipline pouvait s'avérer désastreux.

Décidément, la princesse avait le chic pour semer la zizanie autour d'elle.

Dire qu'au début il l'avait prise pour une innocente ingénue avec ses boucles brunes, son regard pétillant et son bronzage doré. Il avait même cru que les médias forçaient un peu le trait en la décrivant comme une jeune mondaine délurée.

Ces six derniers mois avaient hélas prouvé à Makhail que la presse à scandale avait raison, et que sa première impression se révélait erronée. Lui qui, d'ordinaire, avait un instinct infaillible devait admettre qu'au sujet de la princesse il s'était trompé.

Et il avait horreur de ça.

Cela défiait l'entendement qu'une princesse aussi jeune puisse causer autant de souci ! Visiblement, elle avait un don pour les sottises…

Il appuya sur la touche « favoris » de son portable afin de joindre le garde qu'il avait placé auprès de la princesse.

— Ivan, quand est-ce que tu l'as vue pour la dernière fois ?

— Au… au casino, répondit le dénommé Ivan, la voix chevrotante. Je ne comprends pas, elle a… disparu !

Il avait terminé sa phrase sur une intonation aiguë qui trahissait son émotion. Makhail n'avait pas de temps à perdre avec les faibles.

— Tu es viré.

Il raccrocha sans autre forme de procès, resserra d'un geste machinal le nœud de sa cravate et, sans perdre un instant, descendit l'avenue animée de la capitale, seule ville d'importance que comptait l'île de Kyonos. Evangelina devait se trouver à la roulette, en train de dilapider la fortune royale. Elle n'avait sûrement pas quitté le casino.

Il se faufila rapidement dans la cohue des touristes et franchit les portes dorées du casino. La princesse serait dans la salle où l'on jouait le plus gros. Gâtée comme elle l'était, et vu son penchant démesuré pour le scandale et le champagne, elle ne pouvait se trouver nulle part ailleurs.

En deux enjambées, il dépassa les machines à sous du vaste hall et s'apprêtait à pénétrer dans la grande salle de jeu lorsque deux vigies l'encadrèrent.

— Vous êtes… ?

— Mak. Je viens chercher la princesse.

— Je crains qu'il ne vous soit impossible de…

L'une des portes devant lesquelles les vigies l'avaient

arrêté s'ouvrit sur une jeune pin-up, moulée dans un fourreau lamé. Elle sentait l'alcool à plein nez et avançait d'un pas mal assuré. Soudain, elle s'écroula devant eux, et les gardiens se précipitèrent à sa rescousse. L'occasion était trop belle ! Makhail se glissa dans l'entrebâillement de la porte. Le temps qu'ils règlent le problème, il aurait trouvé la princesse… Effectivement, Evangelina n'était pas loin, penchée sur l'une des tables de jeu. Lorsque l'homme qui était à son côté remporta la mise, elle applaudit bruyamment en riant. Puis, relevant la tête, elle aperçut Makhail.

Les yeux sombres de la princesse s'arrondirent de surprise. Elle prit une brève inspiration qui entrouvrit ses lèvres roses puis, très vite, murmura quelques mots à l'oreille de son compagnon avant de s'éclipser.

Elle n'allait tout de même pas filer à l'anglaise sous ses yeux !

Makhail allait la prendre en chasse quand l'une des vigies entra précipitamment ; le silence se fit.

— Princesse, lança-t-il d'un ton inquiet, tout va bien ?

Celle-ci revint sur ses pas, laissant tomber sur Mak un regard froid et dédaigneux.

— Les choses iraient mieux si cet homme n'était pas là, répondit-elle, mais vous pouvez me croire si je vous dis qu'il ne se laissera pas écarter. Il est au service de mon père. Donc, il va falloir que je regagne ma cellule.

L'étincelle furieuse qui brillait dans ses yeux démentait le ton posé et hautain de sa voix. Elle devait enrager. Le gardien du casino se retira avec quelques mots d'excuse.

— Votre *cellule* ? ironisa Makhail en se plantant devant elle. C'est ainsi que vous nommez vos appartements ?

— Pas officiellement, admit-elle en rougissant un peu, ce qui eut pour effet d'illuminer son bronzage.

— Comment avez-vous semé Ivan ?

— Vous avez remarqué les jeunes femmes qui se tiennent près des machines à sous ? répliqua la princesse.

— Non.

— Eh bien, lui, si. Ou plutôt, il a remarqué que leur décolleté plongeait jusqu'au nombril. J'ai profité de sa distraction. Il a sûrement cru que j'étais allée prendre un verre sur la terrasse, comme prévu…

Mak crispa les mâchoires.

— Il s'est montré bien naïf de vous croire raisonnable.

Evangelina afficha une moue d'une innocence parfaite.

— Vous êtes gentil. Moi, j'aurais dit « bien idiot »…

— Je ne suis pas de la même trempe.

— J'avais remarqué, jeta la princesse avec une grimace.

Makhail l'observa. Il y avait quelque chose de félin dans la souplesse de ses mouvements, dans sa grâce innée et la rapidité qu'elle avait à sortir les griffes. Cela ne l'étonnait pas qu'elle ait pu se jouer des gardes du palais et duper ses hommes. Mais elle ne l'aurait pas aussi facilement.

— *Printzyessa*, je vous recommande vivement de me suivre, fit-il.

— Et si je refuse ?

— Votre père l'apprendra…

Elle croisa fermement les bras sous sa poitrine, faisant saillir des seins parfaits. Comme Evangelina n'était pas de ces femmes qui se montrent à moitié nues au prétexte qu'il fait chaud, son corps n'en était que plus attirant et Mak, bien sûr, l'avait remarqué. Il se demanda si elle était bronzée de la tête aux pieds. Ses seins seraient-ils aussi dorés que le reste si elle les découvrait pour lui ?

Il serra les poings, furieux contre les images interdites qui lui traversaient l'esprit. Quelle aberration ! Surtout venant de lui qui tenait à rester professionnel en toutes circonstances. Makhail Nabatov ne se laissait pas distraire pas les femmes. Jamais.

— Croyez-vous que vos menaces m'impressionnent ? rétorqua la princesse. Vous pouvez bien dire ce que vous voudrez à mon père, il ne va quand même pas m'enfermer à double tour ! Quant à se débarrasser de moi en me mariant à qui lui conviendra, nous savons tous les deux qu'il s'y emploie activement. En vain, pour le moment.

Mak haussa les épaules.

— Dans ce cas, je vais devoir vous jeter par-dessus mon épaule et vous sortir d'ici. Et si vous perdez un de vos luxueux escarpins, ce sera tant pis pour vous…

— Vous n'oseriez pas, fit-elle d'un air de défi.

Il fit un pas vers elle mais Evangelina ne cilla pas.

— Etes-vous prête à prendre les paris, princesse ?

Elle le dévisagea un bref instant avant de répondre :

— Bien. Disons que je vous autorise à… à m'escorter.

Il s'approcha et la prit par le bras, laissant glisser ses doigts sur la peau lisse et tiède d'Evangelina. L'attirant à son côté, il lui murmura :

— Alors je veux bien vous laisser sortir sur vos deux pieds.

Elle l'affronta sans crainte, dardant sur lui un regard profond, étincelant de fureur.

— Cela me semble la meilleure solution, pour vous comme pour moi. Aucun de nous ne serait sorti indemne des ridicules représailles que vous envisagiez.

— Je savais que vous pouviez vous montrer raisonnable.

La tenant toujours fermement par le bras, il se dirigea vers la porte. Le menton haut, la princesse gardait un port de tête fier et dédaigneux, propre à rendre fous tous les hommes qu'elle croisait et qui la suivaient des yeux, ensorcelés par son allure de déesse.

Dehors, la nuit était animée, et l'air imprégné par les notes salées des embruns. Malgré la foule joyeuse qui déambulait, on entendait la mer gronder dans le lointain.

Makhail entraîna la princesse jusqu'à sa voiture et ouvrit la portière côté passager.

— Grimpez, lui ordonna-t-il.

Elle s'exécuta avec raideur et, une fois assise, se tint bien droite, les yeux fixés loin devant elle. L'instant d'après, Mak était derrière le volant et démarrait en direction du palais.

— Donc, lança Evangelina sur le ton de la conversation, vous ne direz rien à mon père…

— Non. Mêler le roi à tout cela ne profiterait à personne.

— Je pourrais décider de tout lui raconter, fit-elle d'une voix flûtée.

Son air de sainte-nitouche lui fut soudain odieux.

— Et pourquoi donc ? s'enquit-il posément.

— Comme je l'ai déjà dit, il ne peut pas grand-chose contre moi, hormis ce qu'il prémédite déjà. Mais contre vous… Vous pourriez vous retrouver au chômage…

Makhail resserra son étreinte sur le volant. Ainsi, il résisterait peut-être à la tentation d'étrangler son cou gracile !

— Ça m'étonnerait. J'ai renvoyé Ivan et, dorénavant, c'est moi qui assurerai votre protection. Votre père sait bien que je suis le plus apte à occuper ce poste.

— En êtes-vous bien certain ? répliqua-t-elle avec calme.

— Les gardes du palais sont incapables de suivre vos allées et venues. D'ailleurs, ils ont suffisamment à faire avec la sécurité des lieux pour se charger d'une sale gosse qui se moque de la sienne ! Je représente une assurance pour votre père : je suis spécialisé dans la protection rapprochée de personnalités importantes et je ne commets pas d'erreurs. Il est regrettable qu'un de mes employés en ait fait une.

— Deux.

— Pardon ?

— Deux de vos employés ont commis une erreur en me laissant filer…

— Deux de mes *anciens* employés, voulez-vous dire. Il n'y a pas de place dans mon équipe pour des incompétents. Vous ne vous en rendez pas compte car vous avez du mal à voir plus loin que le bout de votre nez, mais il n'y a pas en jeu que la question de votre image.

— Vraiment ? rétorqua Evangelina. Je croyais qu'il était principalement question d'éviter que je paraisse trop dévergondée aux yeux de mes futurs fiancés.

— Il s'agit de votre sécurité, *Printzyessa*. Vous êtes un pion déterminant sur l'échiquier politique.

— Vraiment ? fit-elle avec une innocence feinte, tortillant ses boucles. Et moi qui pensais n'être que la petite Eva…

— Dès qu'on rajoute « princesse » devant un nom, cela change beaucoup de choses.

Elle pivota vers lui, ce qu'il comprit au crissement du cuir de la banquette contre les vêtements qu'elle portait. Il n'en fit pas autant, refusant de quitter la route des yeux.

— Exact. Je ne suis plus *que* la monnaie d'échange d'une tractation politique. Le rêve de toute jeune fille…

Elle avait rejeté la tête contre le dossier et il entendit son reniflement méprisant.

Eva était à fleur de peau. A l'endroit où Makhail l'avait agrippée, un peu plus tôt au casino, elle avait l'impression de brûler. Ce qui n'arrangeait rien, c'est qu'elle ne décolérait pas. Bien sûr, elle avait conscience de se rendre odieuse à tous. Mais comment faire autrement ? C'était le seul pouvoir dont elle disposait. Un pouvoir bien inefficace, hélas.

Six mois plus tôt, lorsque son père lui avait présenté Makhail, elle avait remercié le ciel qu'il ne soit pas son garde rapproché. Car indéniablement, il la troublait. Trop… viril. Trop imposant. Grand, large d'épaules,

les cheveux bruns coupés court, la mâchoire carrée, il la perturbait. Quant à sa bouche, on aurait cru qu'elle n'avait jamais esquissé le moindre sourire. Et ses yeux… Gris et froids comme l'acier d'une arme.

Voilà qu'il allait s'occuper d'elle à présent… C'était presque facile de rouler les hommes de son équipe. Ils s'intéressaient trop à ce qui se passait autour d'eux et pas assez à elle. Makhail, lui, faisait d'Evangelina le point focal de son attention. Personne ne l'avait jamais regardée ainsi. Comme s'il cherchait à lire dans son âme. La princesse n'aimait pas cela du tout.

— Il y a assez de diamants dans votre cage dorée pour combler les rêves de toutes les jeunes filles, pourtant…

— Vous croyez que le fait d'être riche me retire le droit de me plaindre ?

— Je ne crois rien. Je ne suis pas ici pour avoir une opinion mais pour remplir une mission : vous protéger des scandales et de ce qui pourrait vous nuire. C'est ce que j'ai l'intention de faire.

— Jusqu'à mon mariage ?

— Après, même, si c'est nécessaire.

Eva avait du mal à s'imaginer une chose aussi curieuse : elle continuerait à être protégée, une fois mariée, puisqu'elle était de sang royal et qu'elle épouserait quelqu'un de son rang. Depuis sa naissance, sa vie était sous contrôle. Jusqu'aux chaussures qu'elle devait porter le matin, tout était réglementé !

On choisissait tout pour elle, des céréales de son petit déjeuner à l'homme qu'elle devrait épouser…

Un beau matin, environ six mois plus tôt, Eva s'était réveillée avec cette conscience soudaine et terrible que, toute sa vie, elle ne pourrait jamais prendre la moindre décision elle-même. Pas plus concernant ses tenues que ses repas ou bien ses destinations. C'est à ce moment-là que sa vraie rébellion avait commencé. Makhail Nabatov pouvait toujours lui faire la morale, il n'imaginait même pas ce que c'était que de vivre dans sa peau.

Et dorénavant, c'était lui l'ennemi.

— J'ose espérer que mon époux disposera de ses propres gardes pour assurer ma sécurité… comme ma soumission.

— Qu'est-ce qui vous autorise à penser qu'ils s'en sortiront mieux que ceux de votre père ? rétorqua Mak.

Le visage fermé, il ne posait toujours pas les yeux sur elle, n'offrant au regard d'Eva qu'un profil sombre et déterminé, au nez cassé, à la mâchoire presque trop carrée, aux lèvres qui ne se desserraient pas pour sourire.

— Peut-être seront-ils aussi incapables, mais peut-être n'aurai-je pas envie de m'enfuir, répliqua Eva du tac au tac. Tout dépend de qui mon père choisira. Si je l'aime ou non.

Aimer son futur mari lui paraissait hautement improbable. Elle avait une idée de ceux qui pourraient paraître convenables à son père. Ce n'était pas difficile à deviner, il n'y avait pas tant de princes à marier sur le marché. Si l'on écartait les simples membres de la noblesse, il ne restait que Bastian, roi de Komenia, petite principauté située en Europe de l'Est. Bastian cherchait une alliance, il n'en faisait pas mystère. Mais Evangelina ne ressentait rien pour lui.

Pourtant, Dieu sait qu'elle avait essayé ! Et qu'elle essayait encore. Parce qu'il était le seul candidat acceptable. Celui qui apporterait la meilleure aide financière et militaire à Kyonos.

Ce qu'elle pouvait éprouver, amour ou attirance, n'entrait pas en ligne de compte dans la décision de son père. Bastian paraissait gentil. Il était même bel homme. Mais il n'y avait aucune alchimie entre eux. Il posait la main sur son bras, et cela ne lui faisait aucun effet. Il n'était pas son prince charmant…

Mais celui-là, il y avait fort à parier qu'il ne se présenterait jamais !

— Parce que vous espérez l'amour, jeta Makhail, pilotant habilement sa voiture au milieu des encombrements de la ville.

— Bien sûr. Comme tout le monde, non ?

— Non.

Il se contenta de cette réponse laconique, sans faire le moindre effort pour s'expliquer. Eva en fut surprise. Makhail pouvait obtenir l'amour s'il le cherchait. Il pouvait choisir qui il épouserait, il n'aurait pas besoin de subir une décision imposée. Mais recherchait-il seulement l'amour ? Le sexe lui plaisait, sûrement. Comme à tous les hommes. C'est grâce à l'intérêt qu'ils portaient au sexe qu'elle avait réussi à berner les autres gardes.

Makhail devait être pareil. Bien sûr, il était plus concentré, plus professionnel, puisqu'il avait traversé tout le hall du casino sans même remarquer les serveuses largement déshabillées qu'il croisait.

En tout cas, il disposait d'une vraie liberté et il n'en profitait pas. Au lieu de chercher l'amour, il se contentait de l'amusement. Evidemment, on aurait pu, à elle aussi, adresser le même reproche : la soirée qu'elle venait de passer au casino était un pur divertissement. Mais pour elle, c'était différent, elle avait le droit de s'amuser. Car ces dernières années, sa vie n'avait pas été très drôle…

— Eh bien, figurez-vous que moi, je recherche l'amour, lança-t-elle, l'estomac contracté à la vue du palais qui se dessinait à l'horizon.

— Pourquoi faire ? demanda Makhail.

— Comment cela, pourquoi faire ?

Elle se tourna de nouveau vers lui.

— Parce que ! reprit-elle vivement. C'est comme ça ! Tout le monde le recherche. L'amour, c'est…

— Beaucoup de travail.

Elle baissa les yeux sur les mains de Makhail, crispées sur le volant. Une large alliance de platine ceignait son annulaire gauche.

— Etes-vous marié ?

— Plus maintenant.

Il avait répondu d'une voix neutre, ne laissant filtrer aucune émotion. Pourtant, il portait toujours l'alliance…

— Et la raison en est… ?

Pour la première fois depuis le début du trajet, Makhail lui décocha un regard.

— Je ne savais pas qu'il nous fallait devenir confidents pour que j'assure votre protection, lâcha-t-il sèchement.

Eva soupira. Comme il l'agaçait !

— Mettons les choses au point tout de suite. Vous ne me protégez pas. Pas vraiment. Vous faites en sorte de me garantir des ennuis, ou de ce que vous considérez comme tels. Mais j'ai mon mot à dire. J'ai vingt ans, vous savez, presque vingt et un. Je suis une femme. Et non, nous n'avons pas besoin de nous confier nos petits secrets. Ce serait d'ailleurs impossible, puisque nos objectifs diffèrent diamétralement.

— Et quels sont les vôtres, princesse ?

Ils freinèrent devant la belle grille en fer forgé qui fermait le mur d'enceinte du palace. Celui-ci, recouvert de stuc, donnait directement sur la mer Egée.

— Si je vous disais quels sont mes objectifs, monsieur Nabatov, ce serait faciliter votre tâche et je n'y tiens nullement.

2.

— C'était sur internet avant même que tu n'aies eu le temps de quitter le casino, Eva. Et maintenant, c'est à la une de tous ces torchons à scandale.

Son père arpentait la pièce, les bras croisés derrière le dos.

— La roulette ! reprit-il, furieux. Ces hommes à ton bras ! On aurait dit une vulgaire étudiante.

Venant de son père, c'était une insulte. Aux yeux du roi Stephanos, tout ce qui rappelait le commun des mortels n'avait pas sa place au sein de la famille royale des Drakos.

— Père…

— Votre Majesté.

Makhail s'était avancé, la voix ferme, le pas déterminé.

— Eva était placée sous la surveillance d'un de mes hommes. Il a été renvoyé pour son imprudence. Dorénavant, j'assurerai moi-même sa garde.

Fichtrement noble de sa part. Elle aurait bien giflé ce visage si suffisant. Elle préféra tout de même, s'éclaircissant la voix, se retourner vers son père.

— Je n'ai pas besoin des services d'une… nounou vingt-quatre heures sur vingt-quatre ; mais j'imagine que cette idée ne t'a pas effleuré l'esprit, Père.

— Pas une seconde, répondit le roi d'un ton tranchant.

Makhail se tourna vers elle et ses yeux gris étincelaient.

— Je ne suis pas une nounou, princesse.

— Vous m'avez effectivement l'air plus lourdement armé que la plupart d'entre elles, répliqua Eva.

Il haussa un sourcil.

— Par certains côtés, oui.

Evangelina resta muette, interloquée. Osait-il un sous-entendu ? Le roi, qui n'avait pas prêté attention à leur échange, continua, l'air préoccupé.

— Et comment puis-je vous faire confiance, monsieur Nabatov, après l'échec de vos agents ?

Makhail reporta toute son attention sur le roi, durcissant son expression. Il en devenait impressionnant.

— C'étaient des imbéciles. Je suis loin d'en être un. Et vos options sont réduites, Sire. Généralement, lorsque nous protégeons quelqu'un, c'est que cette personne le réclame. Ce n'est pas le cas de la princesse Evangelina.

— C'est parce qu'on me protège de moi-même ! intervint vivement celle-ci. C'est insultant.

— Tu te conduis comme une enfant et tu seras traitée comme telle, repartit le roi Stephanos. Je suis en train d'arranger un mariage qui sera bénéfique à Kyonos, à tout ton peuple. Tu fais tout pour saboter cette union.

— Je… Je tente juste de vivre un peu, d'avoir ma vie à moi, argua Eva, la gorge serrée.

— Tu es de sang royal, ma fille. Les choses ne seront jamais aussi simples, trancha le roi.

Eva ravala sa réponse. Elle aurait beau le maudire et même le détester, son père avait tout de même raison. Tous ces privilèges, tous les bals qu'on organisait pour elle avaient un prix. Chaque grain d'or arrivait chargé d'une écrasante contrepartie de plomb, et rien ne changerait jamais. C'était comme ça.

Pourtant, elle rêvait de s'échapper. Mais ce genre de rêves lui était interdit.

— Puis-je me retirer ? demanda-t-elle, lasse de lutter.

— Je t'y autorise, répondit son père en hochant la tête.

Elle tourna les talons et sortit. Une fois dans le couloir, elle pressa ses poings serrés contre ses yeux pour s'empêcher de pleurer. Elle n'était pas faible. Elle n'avait pas le temps pour la faiblesse. Plus important encore, c'était une émotion qu'elle ne pouvait se permettre de montrer. Ni à son père, ni à la presse. Et encore moins à Makhail, son nouveau geôlier. La seule personne qui la comprenait, au moins un peu, était son frère, Stavros. Mais en ce moment, il était bien assez occupé par sa propre vie.

Elle maintint une allure princière le long du grand couloir vide, faisant résonner chacun de ses pas sur le marbre du palais. Si seulement elle avait su ce qu'elle voulait vraiment, les choses auraient été plus simples…

Faire scandale, déjouer les plans de son père l'avait tenue occupée ces derniers mois, mais cela ne pourrait durer. Elle savait ce dont elle rêvait, pourtant. De choses qu'elle n'obtiendrait jamais. D'un homme qui l'aimerait, juste pour elle, et qu'elle aimerait follement en retour. D'un mariage qui n'aurait rien d'un arrangement politicien.

Mais ce n'était que fantasme. Les petites filles rêvaient de devenir princesses ; Eva, elle, voulait juste vivre. Vivre selon ses propres termes, choisir ses objectifs. C'était impossible, mais elle s'accrochait pourtant à son rêve. Depuis trop longtemps.

Le compte à rebours avait commencé, puisque son père avait entamé les démarches pour la marier. Et lorsque ce serait fait… Tous ses espoirs mourraient, écrasés sous le poids de ses nouvelles responsabilités. Elle passerait de l'égide de son père à celle de son mari.

C'était effrayant.

— Princesse.

Cette voix ample et riche, teintée d'un léger accent russe ne pouvait appartenir qu'à un homme. Elle se retourna et vit Makhail debout devant elle, incarnation parfaite de l'agent secret dans son costume noir.

— Oui ?

— J'ai négocié avec votre père.

— Avec le roi, vraiment ? persifla-t-elle.

— Il vous donne six mois.

Eva tenta d'ignorer la douleur nauséeuse qui se réveillait dans son estomac.

— Ainsi a-t-on arrêté la date de mon sacrifice.

— C'est comme ça que vous le ressentez ?

Elle rit, sans trop savoir pourquoi. Cela n'avait rien d'amusant, loin de là.

— Mettez-vous à ma place ! Etre offerte à un étranger pour sceller un pacte, se donner à lui, porter son enfant…

— J'imagine que ça ne me plairait guère. Mais il faut dire que je n'ai jamais été intéressé par les hommes, ajouta-t-il ironiquement.

— Vous m'avez très bien comprise.

— Ecoutez, Princesse…

— Eva. Appelez-moi Eva, s'il vous plaît. S'il faut s'accommoder l'un de l'autre pour les prochains mois, cela facilitera nos échanges.

— Alors vous pourrez m'appeler Mak.

L'offre n'était pas amicale. Plutôt comme un échange entre compagnons de cellule.

— Sûrement pas, répondit-elle, volontairement acerbe.

Il rit doucement.

— Et pourquoi non ?

Elle croisa ses bras sur sa poitrine.

— Cela vous humanise. Je préfère rester en colère contre vous le plus longtemps possible.

Les lèvres de Mak s'étirèrent en un sourire mince — tiens donc, il *pouvait* sourire. Il fit un pas en avant, puis un autre, la contournant lentement, comme un prédateur à l'affût d'une proie très alléchante.

— Je suis certain que je ne manquerai pas de moyens

de vous mettre en colère, Eva. Vous n'avez pas besoin de vous inventer des raisons.

— Là-dessus, nous sommes d'accord.

Elle se tourna pour l'affronter alors qu'il l'approchait.

— Arrêtez votre petit jeu, je ne suis pas une gazelle.

Il s'arrêta.

— Pardon ?

— On dirait que… vous êtes en train de me traquer, à me tourner autour ainsi. Je ne suis la proie de personne.

— Je vous accorde volontiers ce point.

— Alors dites-moi, *Mak*, reprit-elle, prononçant son nom du ton le plus dédaigneux possible, quel est le programme ? Mon père a-t-il dressé une liste des activités autorisées pour les six prochains mois ? Galas et salons de thés ?

— Quelque chose dans ce genre, oui.

— Délicieux, répondit-elle, acerbe.

— Ça ne sera délicieux ni pour vous ni pour moi, et je ne vois aucune raison de prétendre le contraire. Je ne suis pas baby-sitter, alors à moins que vous ne préfériez que je sois incroyablement irritant durant les semaines à venir, cessez de vous comporter comme une enfant.

Elle se raidit, bouillonnante de colère. Son tempérament explosif n'avait pas besoin d'une plus forte sollicitation…

— Je ne me conduis pas comme une enfant ! protesta-t-elle vigoureusement. On me traite comme telle, c'est différent !

— Que croyez-vous, Eva, que vous trouverez réponse à vos questions aux tables des casinos ? Dans les bars ? Que cette liberté-là vaut mieux que de remplir votre devoir envers le pays ? Si c'est ainsi, alors vous êtes une enfant.

Il se retourna pour partir et, subitement, elle éprouva le besoin de lui demander de rester. De l'obliger à rester.

— Attendez.

Il se retourna vers elle.

— Oui ?

— Où sont vos quartiers ? Vous… Vous avez une maison à Kyonos ?

— Je vivrai au palais, répondit-il avec un lent sourire qui découvrit ses dents. Votre protection passe avant tout.

— Votre travail consiste-t-il aussi à vous faire passer pour le grand méchant loup ?

Il haussa un sourcil.

— C'est l'impression que je vous donne ?

C'était tout à fait l'impression qu'il donnait.

— Que vous avez de grandes dents, répondit-elle, se forçant à garder un ton égal.

Il haussa un sourcil avant de répliquer :

— Je ne vous parlerai pas du reste. Ce ne serait certainement pas approprié.

Un tressaillement la parcourut. Que se passait-il ? Etait-il en train de… flirter, avec elle ? Lui, son garde du corps ?

Il était magnifique, dans un genre particulier. Certainement pas mignon, bien trop robuste et sévère pour cela. Mais il était… viril. A se tenir ainsi près de lui, Eva devenait extrêmement consciente de sa propre féminité. C'était… étrange. Une ombre grise courait le long de la mâchoire de Mak, et elle imagina la sensation rugueuse qu'elle aurait sous sa paume en la caressant.

Eva se rendit compte qu'elle se caressait distraitement le menton en écho à cette pensée. Sa peau douce était en parfait contraste avec ce qu'elle imaginait de lui.

Elle laissa retomber sa main, tentant de se débarrasser de cette sensation fantôme qui demeurait au bout de ses doigts.

— Mieux vaut parler d'autre chose, effectivement, répondit-elle enfin, avalant avec difficulté sa salive.

Sa gorge était subitement serrée. Trop serrée.

— Notre relation n'a pas besoin d'être difficile, Eva,

dit Makhail, l'accent donnant à son prénom une consonance étrange, presque déroutante.

— Elle ne pourra être que difficile. Nous avons des objectifs diamétralement opposés, Mak.

— J'attends encore de connaître le vôtre, Princesse.

Son regard était sévère de nouveau, ses yeux beaucoup trop scrutateurs. Ils donnaient à Eva l'envie de se couvrir de ses bras, pour en cacher le plus possible à sa vue. Ils lui donnaient la sensation d'être nue, comme si le fin tissu de sa robe était transparent. Plus dérangeant encore, Mak semblait voir jusqu'à l'intérieur d'elle-même, ses peurs, ses désirs. Des choses qu'elle n'avait jamais partagées avec personne.

— Soyez honnête, reprit-il, et expliquez-moi vos débordements : tentez-vous d'empêcher le mariage qu'on vous prépare en ruinant votre image ?

— Cela m'a traversé l'esprit, comme conséquence possible. Ou peut-être ai-je commencé à vivre de la manière dont j'entends vivre avec le prince.

— C'est-à-dire ?

— L'heureux homme qui me prendra pour épouse devra savoir sur quel chemin il s'engage : je suis tout sauf une poupée docile qu'on affiche à son bras.

Il lui jeta un regard froid, calculateur. Pénétrant.

— Je doute que quiconque puisse vous imaginer docile.

Il parlait lentement, détachant chacun de ses mots, comme s'il les avait choisis avec attention. Pour être sûr de m'irriter, pensa-t-elle.

— Alors, mon but est atteint aux trois quarts, répondit Eva d'un ton bien plus assuré qu'elle ne l'était réellement. Je suis fatiguée. Je vais regagner ma chambre, à présent.

Elle lui tourna le dos et reprit sa marche le long du corridor. Bientôt, elle entendit un pas lourd derrière elle. Elle se retourna tandis que Mak la rattrapait.

— J'ai dit que j'allais regagner ma chambre. Vous n'y

êtes pas invité, lança-t-elle d'un ton cassant, son estomac serré à cette simple idée.

— Je m'assure juste que vous y arriviez saine et sauve, cela fait partie de mes attributions, répondit-il, indifférent à sa morgue.

Eva était habituée à se débarrasser de ses gardes du corps assez facilement. Ceux du palais avaient abandonné l'idée même de la surveiller.

Pourtant, malgré les efforts qu'elle déployait, Makhail restait calme. D'un calme olympien, ce qui mettait Eva hors d'elle. Comme s'il ne ressentait rien quand elle lui parlait. Rien de plus qu'un amusement léger à l'évocation du champ de ruines qu'allait être la vie d'Eva !

— Vous pensez peut-être que je vais attacher les draps de mon lit pour descendre en rappel par la fenêtre ?

— Ce ne serait pas la première fois.

Le rouge monta aux joues de la princesse.

— J'avais quatorze ans. Vous avez lu mon dossier ?

Seigneur, avait-elle vraiment un dossier ?

Jamais elle ne s'était sentie aussi insignifiante, simple pion sur le grand échiquier de l'Etat. Elle n'était pas une personne, mais une chose. Cataloguée, comme une antiquité, comme l'une des urnes anciennes du temple de Kyonos, rien de plus qu'un objet, disposé au premier plan de la collection royale.

— Bien sûr que j'ai consulté votre dossier. Heureusement, vu la vitesse à laquelle vous consommez vos gardes du corps ! Cela m'a été utile pour faire rapidement le tour de votre personnalité.

Eva serra les poings.

— Vous pouvez étudier ce… dossier à votre guise, en long et en large. Il ne vous apprendra rien sur celle que je suis.

Elle se retourna et accéléra sa marche, s'efforçant d'ignorer le bruit des pas qui la suivaient le long du couloir.

Lorsqu'elle eut atteint ses appartements, sa main trembla en composant le code qui déverrouillait la porte.

— C'est mon travail de connaître les gens, fit Mak derrière elle. J'établis un profil. Dans mon métier, comprendre la nature humaine simplifie la tâche. Vous croyez-vous tellement spéciale au point que je n'arriverai jamais à vous cerner ?

Eva se retourna vers lui, le cœur battant à tout rompre.

— Je ne suis pas une liste d'adjectifs. Je suis une personne.

— Vous êtes une enfant gâtée, et vous êtes égoïste. Voilà des adjectifs qui vous conviennent, vu que, toute votre vie, il vous aura suffi de claquer des doigts pour obtenir ce que vous vouliez. Vous vous croyez persécutée alors que la seule chose qui vous étouffe, c'est le luxe. Vous ne connaissez rien d'autre. Vous n'avez aucune idée de ce que ça signifie d'avoir faim, de ne savoir où dormir. Je n'ai aucun mal à vous cerner, Eva. Je sais sûrement mieux que vous-même qui vous êtes.

Eva frémit à ce discours. Quel mal y avait-il à ne pas vouloir être toute sa vie un simple objet de décoration ? Elle n'était pas là pour être exposée aux yeux de tous, comme une bête de foire.

Inspirant profondément, elle leva les yeux vers Mak, ignorant le frisson qui lui picotait la peau.

— Allez-y, continuez à me sous-estimer. Ce n'est jamais qu'un avantage pour moi.

Il ricana doucement.

— Peut-être vous surestimez-vous un peu trop.

Il se rapprocha d'elle et elle sentit son cœur battre un peu plus vite. Il se pencha, sa main venant trouver appui contre le chambranle de la porte derrière elle, son visage si proche du sien qu'elle pouvait à peine respirer. Un instant, le temps s'arrêta. Il n'y avait que Mak, son visage remplissant l'intégralité de son champ de vision, son odeur saturant l'air ambiant.

— Bonne nuit, *Printzyessa*.

Il se redressa et fit demi-tour, une atmosphère glacée remplaçant la chaleur de sa présence. Eva tremblait, maintenant.

— Salaud, lança-t-elle, assez fort pour qu'il l'entende.

Il ne se retourna pas, mais éclata de rire.

Eva claqua la porte de sa chambre derrière elle. C'était un vrai désastre. Un cauchemar. Son espace vital s'était réduit comme peau de chagrin et elle se retrouvait sous constante surveillance.

Elle haïssait cet homme ! Même si physiquement, il était sublime… Un instant, elle joua avec l'idée de filer par la fenêtre. Cela ne dura que quelques secondes. Où irait-elle ? Elle n'avait pas de but précis, et la rébellion pour la rébellion était inutile. Cela risquait même de la desservir.

Le casino, le night-club le plus élitiste de Kyonos, tout ça n'était que pour le bénéfice de la presse. Même si elle égarait à dessein son garde du corps, elle se savait en sécurité. Se faufiler à l'extérieur en pleine nuit ne présentait pas la même assurance.

Elle s'écroula dans l'immense canapé de cuir blanc, luxueux comme le reste de ses appartements. Ce lieu était la seule intimité qu'on lui accordait, une illusion d'indépendance.

Eva ferma les yeux, sa tête reposant sur un coussin. Elle pouvait presque sentir une main invisible lui courbant la nuque. Le devoir. L'honneur. Elle aurait du se soucier de ces choses, bien plus qu'elle ne s'en souciait réellement.

Elle voulait simplement une vie à elle.

3.

Moulée dans un fin pantalon de lin noir contrastant avec son chemisier blanc, parée d'un long collier de perles qu'elle avait noué bas, juste en dessous de ses seins, Eva était aujourd'hui une personne bien différente de celle qu'il avait rencontrée la nuit dernière. Ses longs cheveux bouclés avaient été disciplinés en un chignon strict et son maquillage léger, subtil, lui conféraient l'air digne de la princesse qu'elle était réellement.

Mais Mak ne s'y trompait pas. Il ne pouvait effacer l'image qu'elle avait laissée dans son esprit la nuit dernière. Rebelle, et plus qu'excitante. Elle avait hanté ses rêves. Quelle étrange anomalie ! Même durant son sommeil, il gardait le contrôle. Il lui avait été vital, depuis des années, de pouvoir garder en toutes circonstances la main mise sur les événements. Il ne pouvait se permettre de perdre ce don, qui lui était indispensable dans son travail.

Sa nuit troublée l'avait conduit à courir jusqu'à la plage dès l'aube pour un jogging qui lui avait brûlé les muscles, jusqu'à ce que chaque parcelle de désir ait été remplacée par de l'épuisement pur. C'était une technique qui lui avait réussi plus d'une fois par le passé. Mais pas ce matin.

— Bonjour, Mak, fit la princesse, relevant les yeux de son déjeuner. Vous allez bien ?

S'a Eva de la nuit dernière n'était pas partie bien loin.

— Bonjour. Très bien, merci.

— Quel est notre emploi du temps d'aujourd'hui ?

— Vous êtes consignée à demeure.

Elle releva vivement la tête, les yeux pleins de colère.

— C'est donc ainsi que les choses vont se dérouler ?

— Il y a un bal de prévu, à la fin du mois.

— Ah oui, un bal. A votre avis, pourquoi sont-ils organisés, ces bals ? Pour m'exhiber devant de potentiels acheteurs.

— Vous oubliez toutes les femmes qui sont là pour parader devant votre frère.

— Effectivement. Tant que Stavros sera célibataire, il y aura des bals.

— Votre frère est aussi intéressé que vous par le mariage, je suppose.

— Encore moins.

Elle avait relevé les yeux vers lui, et pour la première fois, il y décela une légère trace de vulnérabilité. Il vit aussi sa beauté, bien sûr, qui était impossible à ignorer.

— Mais il se mariera, reprit-elle, et sans discuter. Il est comme ça, à toujours faire pour le mieux. Les sentiments… n'entrent pas vraiment en compte pour Stavros. Vais-je être consignée au palais jusqu'à ce que je sois fiancée ? Est-ce ma seule option ?

— Que voulez-vous vraiment, Eva ? A part choquer l'opinion publique…

Il s'était rapproché de la table et s'assit à côté d'elle.

— Quelque chose…, murmura-t-elle, soudain honnête. Quoi que ce soit. Une chance d'être moi-même, rien que pour un instant. Etre libre. Vivre.

Pourquoi entendre ces mots lui pinçait-il le cœur ? Mak durcit le ton.

— Vous n'avez pas droit à cette vie-là, Eva.

— Je sais, je suis une princesse… Ce qui, ironie du sort, signifie que j'ai moins de contrôle sur ma vie que n'importe qui d'autre.

— Il m'est difficile de vous plaindre, vous le comprendrez aisément.

— J'ai pu constater que l'empathie n'était pas votre fort, rétorqua Eva. Au fait, bien que je vous sois antipathique, vous comptez rester planté là, à me regarder déjeuner ?

Elle était éblouissante. D'une beauté de déesse. Dans une autre vie, enfin, dans ce qui était son autre vie, et qui lui semblait maintenant presque irréelle, il n'aurait jamais pu parler à une femme de son rang.

Les choses avaient changé. Il avait remporté d'immenses succès en affaires. Mais à chaque échelon gravi, à chaque dollar qui renforçait son compte en banque, un peu plus de ce qu'il était avait été arraché à son cœur, un peu plus de ce qu'il aimait lui avait été enlevé.

Aujourd'hui, il était millionnaire. Cependant, pour tout, hormis l'argent, il se sentait en faillite. Il s'identifiait à Eva plus fortement qu'elle n'aurait jamais pu se l'imaginer.

Et elle était là, splendide, à pérorer devant lui. Elle pouvait se servir de ses jambes, de sa bouche, de son esprit. Elle possédait tout, mais n'appréciait rien.

— Je vais effectivement rester à proximité, durant votre petit déjeuner, et le déjeuner qui sera servi plus tard. Une journée passionnante pour vous comme pour moi.

Elle fronça les sourcils, son expression évoquant l'adolescente rebelle qu'elle était peut-être encore. Il n'était pas beaucoup plus vieux qu'elle. Neuf ans, seulement. Et pourtant, c'est comme si un fossé les séparait.

— Comment pouvez-vous supporter pareil ennui ?

— Facile. On me paye pour être ici.

— Vous n'avez que faire de cet argent.

— Vous avez raison sur ce point.

— Alors pourquoi, Mak ?

Il haussa les épaules.

— Je n'ai rien d'autre à faire, et aucune attirance pour l'oisiveté. J'ai construit mon agence à partir de rien, j'ai une réputation à protéger et c'est ce que j'entends faire. Un travail bien fait est un travail intégralement fait. De A à Z.

— Eh bien, vous avez peut-être choisi votre vie, Mak, mais moi je n'ai pas pu choisir la mienne.

Sa réponse déclencha chez lui un rire bref. Cela lui arrivait peu de rire, encore moins de plaisanter, mais Eva semblait l'y pousser plus qu'aucune autre. Sans en avoir l'intention, en fait.

— Je n'ai pas plus choisi ma vie que vous la vôtre. J'ai simplement décidé d'en faire quelque chose.

Personne n'aurait choisi le chemin qu'il avait dû emprunter, cela, il en était convaincu !

— Mais… vous avez dit que vous n'aviez pas besoin de travailler…

Il jeta un regard circulaire autour de la salle à manger étincelante, aux larges fenêtres qui dominaient une mer bleu turquoise.

— C'est exact. Ça ne m'empêche pas de croire en mon travail. J'ai lancé mon agence pour la même raison que n'importe qui : gagner de l'argent. Parfaite réussite : j'en ai à ne savoir qu'en faire. Pourtant, une fois de plus, je suis en mission. A l'instar de toutes celles qui m'ont été confiées, je veillerai à la mener à son terme. L'honneur, la parole, voilà qui est plus important que l'argent. Mais je doute que vous puissiez comprendre.

— De bien grands mots, en effet, répondit Eva en repoussant son assiette, l'appétit coupé. J'imaginais plutôt que vous preniez un plaisir sadique à analyser vos clients.

Elle leva les yeux vers lui, ses yeux sombres s'accrochant aux siens, pris dans un duel de regards.

— Vous ne me connaissez pas, reprit-elle. Et vous ne me comprenez pas. Vous n'en serez jamais capable, tant qu'on ne vous demandera pas, comme à moi, de servir les autres sans considération pour vous-même, pour une éternité.

A ces paroles, le cœur de Mak se serra douloureusement. Soudain, son esprit dérivait. Il lui était toujours trop facile de décrocher du présent pour revenir au chevet de Marina. Revoir son visage, qui avait été si beau, déformé par la douleur, ses lèvres s'ouvrant sur des cris muets, les seuls que son corps détruit lui permettait d'émettre. Parfois, elle hurlait sans bruit. Parfois…

Il se leva brusquement, tentant d'ignorer la douleur qui lui crispait la poitrine. Il ne pouvait s'autoriser ce genre d'émotions. Pas maintenant. Ni jamais.

— Nous allons conclure un accord, *Printzyessa*. Je ne ferai pas semblant de vous connaître et, vous, vous cesserez de vous comporter comme si vous connaissiez tout de ma vie. Il y a d'autres chemins que ceux auxquels vous êtes habituée. Il y a des ténèbres dont vous n'avez même pas idée. Qu'aucune lumière ne peut transpercer.

Il inspira profondément, ignorant à dessein l'air choqué qui se peignait sur le visage de son interlocutrice. Il venait de trouver un levier de contrôle sur elle, il s'y accrocherait.

— Si vous avez fini votre repas, reprit-il, peut-être accepterez-vous de me faire visiter le palais.

Eva se leva à sa suite, une pointe de curiosité mélangée à la colère qui faisait briller ses yeux.

Comment feindre de prendre le moindre intérêt à cette visite improvisée ? Bien évidemment, Mak connaissait chaque détail de l'immense palais. S'il prenait tant sa mission à cœur, il avait dû reconnaître les lieux avec soin.

— Maintenant que nous avons tout visité et que nous sommes au fond du parc, soyez honnête, fit-elle. Il n'y a rien de nouveau pour vous dans tout ça, n'est-ce pas ?

Son expression resta neutre alors qu'il étudiait les

alcôves de verdure, entourées de haies et surmontées d'arceaux de vigne, offrant une ombre bienvenue. Le tout conférait à l'endroit calme et intimité. Le sol était pavé de pierres sur lesquelles étaient gravées des scènes d'un autre temps. C'était un lieu sacré, celui où elle venait se réfugier.

— J'ai étudié les plans du palais, admit Mak, et j'ai reconnu le périmètre par moi-même, évidemment.

— Alors vous me promenez pour me tenir occupée ?

— Pour un garde du corps, c'est du même ordre que ce que fait une nounou en passant un dessin animé aux enfants dont elle a la responsabilité, répliqua-t-il, stoïque.

Elle lui décocha son regard le plus noir.

— Vous être vraiment…

— Un beau salaud, je sais, compléta-t-il, un fin sourire étirant ses lèvres. Mais que voulez-vous, il faut bien se créer quelques divertissements.

Elle étudia un instant ses traits rudes. Une dureté que ne venait adoucir aucun signe d'humour.

— Je ne vous imagine pas vous divertir.

Il la regarda intensément de ses yeux gris.

— Vous avez raison. J'ai d'autres priorités.

Etre la proie de ce regard, de ces yeux, diffusait une intense chaleur dans tout le corps d'Eva.

— Ce qui explique, entre autres, pourquoi vous ne pouvez pas comprendre mon problème.

— Votre problème ? Lequel parmi les multiples qui vous assaillent quotidiennement ?

Elle déglutit péniblement. L'ironie de Mak lui restait en travers de la gorge. Et en même temps, il la troublait…

— Le fait que je veuille une vie. Vous ne pouvez le comprendre parce que vous n'en voulez pas vous-même.

Il ne répondit rien, pendant un long moment.

— Cela fait longtemps que je n'en ai pas eu, fit-il enfin. Mais ça ne veut pas dire que je ne vous comprends pas.

Encore une réponse énigmatique… Décidément, cet homme était un mystère. Rude d'apparence, laissant ricocher les émotions sur lui, sans rien ressentir. Il avait construit une barrière entre lui et le monde, c'était évident. Il pouvait parler, plaisanter parfois, il ne livrait pas pour autant la moindre part de lui-même. Qui était Makhail, retranché derrière la solide muraille qu'il avait dressée ? Si elle pouvait un jour entrevoir l'homme qu'il était vraiment, Eva côtoierait des ténèbres infernales, elle en avait le pressentiment.

Parce que malgré son charme de surface, elle pouvait sentir le vide en lui. Et le deviner, parfois, dans ses yeux. Aussi imposante qu'était son image, avantagée par ses muscles et sa carrure toute militaire, rien ne lui faisait plus peur que l'homme caché derrière.

Mais rien ne l'intriguait autant, paradoxalement. Comment pouvait-elle se sentir aussi attirée par un homme aussi inquiétant que Mak ?

— Si vous pouvez concevoir ce que je ressens, pourquoi me surveiller ainsi ?

— Cela fait partie de ma mission. Mais elle s'arrête là. Ce que vous ressentez ne me regarde pas.

— Mais… Vous pouvez me protéger sans forcément me garder prisonnière ! Par exemple, vous pourriez…

— Je ne travaille pas pour vous, Eva. Toutes vos suggestions resteront lettre morte.

L'estomac d'Eva se serra.

— Vous avez raison. Je ne vois même pas pourquoi je me donne la peine d'essayer. Vous n'êtes pas différent des autres. Vous n'êtes pas différent de mon père.

Elle tourna les talons et allait partir lorsqu'il lui attrapa le bras. Ce simple contact électrisa chaque parcelle de son corps, et embrasa sa peau à l'endroit où il emprisonnait sa chair.

— Ce qui veut dire ?

Elle tenta de contrôler sa respiration saccadée, pour sauver les apparences. Il fallait rester forte.

— Vous m'utilisez à vos fins personnelles. Pour mon père, le plus important est Kyonos. Pour vous, c'est votre travail. Je suis une personne, Mak. Et je ne supporte plus que les gens l'oublient ! Pourquoi m'inflige-t-on un tel traitement ? Je dois constamment rappeler aux autres que je ne suis pas un objet !

Sa voix se brisa et elle fut un instant horrifiée de sa propre faiblesse. Elle n'en montrait jamais, d'habitude. Cela ne servait à rien, si ce n'est à lui valoir moins de respect que d'habitude. Elle s'éclaircit la gorge.

— Voilà pourquoi vos efforts de culpabilisation ne fonctionnent pas avec moi. Voilà pourquoi je ne peux m'en vouloir de désirer autre chose.

Elle se dégagea brusquement de son emprise et s'éloigna aussi rapidement qu'elle le pouvait, tentant de retenir ses larmes. Elle ne pleurait pas. Jamais. Elle n'allait pas commencer aujourd'hui.

Il était tard lorsque Eva prit la résolution de s'enfuir. Elle n'avait aucune idée d'où elle irait. Elle ne s'en préoccupait pas. Mais elle n'allait pas laisser Mak croire qu'il avait la situation sous contrôle. Pas même partiellement.

Si elle était réellement la princesse qu'ils voyaient tous, alors, cela devait sûrement signifier quelque chose. Ne devrait-elle avoir un peu de pouvoir ? Une opinion à émettre sur la direction que devait prendre son existence ?

Elle resserra la ceinture de son trench-coat noir et ouvrit la porte de sa chambre, le cœur battant. Elle n'avait pas l'habitude de se faufiler hors du palais. D'ordinaire, elle persuadait un garde de l'accompagner quelque part, et s'enfuyait une fois sur place. Mais à situation désespérée, mesures désespérées.

Elle ferma la porte aussi silencieusement qu'elle le pouvait, ses escarpins à la main alors qu'elle traversait le hall. Le marbre du sol était froid sous ses pieds, mais il valait mieux cela que de trahir sa présence par le cliquetis de ses talons hauts.

Il faisait sombre, et même si l'immense palais n'était jamais complètement endormi, cette aile était déserte le soir. Pourvu que personne ne traîne dans les couloirs !

Prenant un tournant sur la pointe des pieds, elle se heurta à une barrière solide et chaude. Une main appliquée sur sa bouche retint le cri qu'elle allait pousser… Deux bras puissants lui enserrèrent la taille, et la plaquèrent dos au mur. Son regard rencontra celui de Mak, noir et étincelant dans la pénombre du couloir. Elle tenta de reprendre sa respiration, les seins appuyés contre son torse musclé.

La fureur, l'excitation et le désir se mêlèrent en elle, tourbillonnant en un maelström mal venu. Pour le maîtriser, Eva se concentra sur sa colère.

Elle fronça les sourcils, les yeux toujours braqués dans les siens, et il abaissa la main qui la bâillonnait.

— Ce n'est pas l'heure de se promener, commença-t-il d'un ton glacial.

— Donc, vous vous permettez de me plaquer au mur ?

Elle refusait de se laisser intimider. Refusait de laisser trembler sa voix. Car sa faiblesse ne venait pas que de la peur qu'il lui avait causée.

— Vous alliez vous enfuir.

— Ça, c'est ce que vous dites. Mais d'abord, demanda-t-elle, consciente du ton puéril et capricieux qu'elle prenait, comment avez-vous su que je quittais ma chambre ?

Un coin de ses lèvres s'étira en un lent sourire de satisfaction.

— J'ai placé une alarme à votre porte. Silencieuse, il va sans dire. Surprise surprise…, conclut-il, ironique.

— Bâtard.

Il relâcha son emprise sur elle.

— C'est tout à fait possible. Probable, même, à vrai dire.

— Je ne voulais pas employer le terme dans son sens littéral, expliqua-t-elle en frottant les marques que la main de Mak avait laissées sur son bras. Je ne voulais pas sous-entendre que vos parents n'étaient pas mariés. Je voulais juste vous traiter de salaud.

Il haussa les épaules.

— Dans les deux cas, vous avez sûrement raison. Où alliez-vous ?

— A un cocktail, répondit-elle, acerbe.

Les lèvres de Mak s'étirèrent en ce qui pouvait s'apparenter à un sourire.

— A cette heure-ci ? J'ai curieusement du mal à vous croire. Où alliez-vous ? répéta-t-il patiemment.

Elle détourna son regard.

— Je ne sais pas. Quelque part.

— Au beau milieu de la nuit. Et seule.

Son ton restait égal, mais il était empreint de vigueur. L'autorité qu'il injectait dans chacun de ses mots lui conférait plus de force que s'il avait hurlé.

— Même si vous n'êtes pour l'instant sous l'effet d'aucune menace, reprit Mak, vous vous conduisez comme si vous vouliez attirer les ennuis.

— Non. Ce n'est pas ça. Je…

— Qu'y a-t-il, Eva ? Vous êtes juste entêtée pour le plaisir de l'être ?

— C'est tout le contraire. Je veux sortir ! Je suis adulte, et il me semble avoir le droit de…

— L'âge n'a rien à voir avec la maturité. Vous ne faites preuve d'aucune intelligence dans vos décisions.

— On vous a vraiment obligé à passer un test de

compétences avant que vous ne preniez la moindre décision de votre vie adulte ?

Il se rapprocha d'elle et elle recula d'un pas, se heurtant une nouvelle fois au mur. Mak était si proche d'elle qu'elle sentait le parfum musqué de sa peau. Excitant en diable… La proximité de cet homme était décidément dangereuse.

— Je prends des décisions seul depuis que j'ai treize ans, répondit-il, son souffle effleurant ses joues. J'en ai pris de bonnes. De très mauvaises aussi. Alors croyez-moi quand je vous dis que je sais faire la différence, et que pour l'instant je n'ai vu que le deuxième cas dans vos choix.

Elle inspira, tentant d'ignorer la pulsion qui poussait son corps vers le sien. Peut-être était-ce pour cela que Mak semblait si dangereux. Garder le contrôle de soi-même devenait une véritable épreuve auprès de lui.

— Bonnes ou mauvaises, on vous a au moins laissé les prendre, ces décisions.

— Et il y en a sur lesquelles je reviendrais dès ce soir, si je le pouvais. Vous ne voudriez pas vous retrouver dans cette situation. Faites-moi confiance.

Elle aurait voulu le toucher. Passer la main le long de sa mâchoire. Sentir les muscles sculptés qu'elle devinait sous le costume noir. Elle serra les poings, se forçant à résister à la pulsion étrange qui l'étreignait.

Il l'étudia un moment, l'air entre eux devenant trop chargé d'électricité pour qu'elle puisse seulement respirer. Puis, soudainement, il se retourna et s'éloigna.

— Allez-vous coucher, lança-t-il derrière son épaule.

— Vous… Vous partez ?

Il se retourna vers elle.

— Vous avez besoin que je vous borde, peut-être ?

Alors qu'il parlait, le cœur de Mak se serrait dans sa poitrine.

— Evidemment pas.

Il inclina légèrement la tête.

— Alors bonne nuit.

Elle resta debout, immobile dans le couloir pendant qu'il s'éloignait, stupéfaite de constater qu'elle aurait préféré qu'il reste.

Makhail maudissait le fait de se sentir mal au sujet d'Eva. Il maudissait le fait de sentir quoi que ce soit. Mais l'expression du visage de la princesse lorsqu'elle l'avait quitté dans les jardins la veille et sa tentative d'évasion cette même nuit l'avaient affecté. Le peu d'humanité qu'il conservait au fond de lui avait réagi. Une humanité qu'il pensait disparue depuis longtemps…

La veille, elle avait passé le reste de sa journée dans sa chambre. Son père avait pris cela pour une victoire. Elle restait éloignée de la presse à scandale, après tout.

Mais Mak voyait les choses différemment. Son travail ne consistait pas à s'occuper de gens qui refusaient ses services. Et même si un tel rapprochement le révulsait, il n'était devenu rien d'autre qu'un baby-sitter, armé.

Eva, elle, était malheureuse. Horriblement.

Je veux vivre.

Ce mot, *vivre*, l'avait frappé en pleine poitrine. Il y avait eu quelque chose en elle à ce moment qui lui avait douloureusement rappelé Marina. Lorsqu'elle était rayonnante, irradiante, pleine d'une vie qui s'offrait encore.

Je n'ai besoin de rien d'autre que toi, Mak. Le reste peut bien attendre.

Mais en un instant, tout avait changé. Tous les projets qu'ils avaient planifiés leur avaient été enlevés. Bien des fois, il avait pensé que la mort aurait été plus douce que ce qu'avait dû subir Marina.

Bien des fois, il avait réfléchi à ce qu'il aurait pu faire

différemment, s'il avait pu remonter le temps de dix ans en arrière, et tout recommencer.

Il n'avait pensé à rien d'autre que cela depuis qu'Eva s'était retranchée dans sa chambre.

Il se rendit d'un pas vif à la salle à manger où Eva était assise, seule, déjeunant à la même table que celle qu'elle avait occupée la veille. Une table qui aurait pu confortablement accueillir trente convives, mais qui ne semblait être destinée qu'à elle-même.

— Bonjour, lâcha-t-elle sans relever les yeux vers lui.

— Bonjour, Eva.

— Nous avons commencé comme cela hier, dit-elle. Ça ne s'est pas très bien passé ensuite.

— Pas vraiment, non.

Il regarda Eva, la regarda vraiment. Il pouvait changer les choses pour elle. Il pouvait lui procurer un peu de cette liberté qu'elle recherchait. Il ne voulait rien ressentir pour elle, ni pour sa situation. Ce n'était qu'un poste, une mission. Pourtant, maintenant qu'il avait établi une sorte de connexion entre elle et Marina, il ne pouvait plus rester les bras ballants à la regarder souffrir.

Lorsqu'il repensait à Marina, suppliant pour une simple chance de vivre… Il aurait aimé qu'elle puisse goûter à tout cela. Mais elle n'avait pas pu. Cette possibilité lui avait été volée. Par sa faute.

Il ne se conduirait pas de la sorte avec Eva.

Et ce que tu sembles ressentir pour elle n'a rien à voir avec tout ça ? Il chassa cette pensée de son esprit. L'attraction, quelle qu'elle soit, ne signifiait rien.

— Qu'est-ce que vous voulez, Eva ? demanda-t-il, la voix rauque même à ses propres oreilles.

Elle le regarda et demanda prudemment :

— Qu'est-ce que… ? Que voulez-vous dire ?

— J'y ai pensé la nuit dernière. A ce que vous avez dit.

— Avant ou après que je fonde en larmes ?

— Juste avant, répondit-il. Je ne peux pas changer ce que votre père attend de vous. C'est une affaire entre vous et le roi, qui concerne votre pays. Mais nous avons quelques mois devant nous, et je ne suis pas forcé de vous consigner au palais. Du moment que vous êtes prête à coopérer.

— Ce qui veut dire ? demanda-t-elle lentement.

— Qu'est-ce qui vous rendrait heureuse ? fit-il brusquement.

— Dans… dans le scénario dont vous parlez… Il faudra toujours que j'épouse l'homme choisi par mon père ?

— Je vous l'ai dit, cela ne me concerne pas. Mais il y a des choses que je peux arranger à votre goût. Les sorties. Le shopping. Les restaurants.

— Je… Mon père dit que la protection nécessaire serait trop difficile à mettre en place et…

— Votre protection était peut-être trop difficile pour les gardes du palais, mais ce ne le sera pas pour moi.

— Vous ne plaisantez pas ? demanda-t-elle, sur la défensive.

— Non.

— Je voudrais… choisir mes propres vêtements.

Mak haussa un sourcil.

— Vous ne choisissez pas votre garde-robe ?

— Non. C'est le styliste du palais qui s'occupe de tout.

— Et quoi d'autre ? demanda Mak, ravalant son étonnement.

— Je voudrais pouvoir dîner dehors et choisir mon menu.

Elle avait commencé lentement, et accélérait le rythme de son débit à mesure qu'elle prenait confiance.

— Et je veux aller à la plage. Et je veux… Je veux… Oh ! Je ne sais plus, cela fait tellement longtemps que l'on décide de tout pour moi !

Elle s'était levée, sa poitrine se levant et s'abaissant à chacune de ses respirations.

— Je… S'il vous plaît, dites-moi que vous n'êtes pas en train de me mentir, supplia-t-elle.

— Pourquoi le ferais-je ? Je ne vais pas changer ce qui va arriver dans six mois, reprit-il. Juste ce que nous pouvons faire, maintenant. Il faudra rester avec moi. A tout moment. Si je vous perds de vue ne serait-ce qu'un instant, vous serez consignée dans votre chambre jusqu'au mariage.

Eva déglutit péniblement. Mak était en train de lui offrir un moment de vraie vie, et personne ne l'avait fait auparavant. Bien sûr, ce ne serait qu'un pâle reflet de ce qu'elle désirait vraiment. Un simulacre de liberté. Mais c'était tout de même quelque chose.

Lui offrir ainsi une planche de salut, même s'il gardait ses distances… C'était plus que quiconque n'avait jamais fait pour elle. Les autres gardes étaient toujours restés silencieux et gênants, sans jamais lui adresser la parole. Mak était la dernière personne sur terre dont elle espérait quelque chose. Pourtant, il semblait la comprendre.

— Qu'est-ce qui a changé ? demanda-t-elle.

— Comment ça ?

Il s'était penché pour poser les mains à plat sur la table.

— Quelque chose a changé, entre hier et ce matin. Vous me disiez que je n'étais rien qu'une enfant gâtée, et vous aviez l'air prêt à me boucler au palais.

— C'est juste.

Il fit le tour de la table, ses doigts effleurant légèrement la surface de bois polie alors qu'il avançait.

— Mon travail ne consiste pas à approuver ou non les décisions que prend votre père. Je suis là pour assurer votre protection. J'irai jusque-là, et jamais plus loin.

Il resta un instant immobile, debout en face d'elle.

— Mais vous me rappelez quelqu'un…

Involontairement, elle tressaillit.

— Moi, je vous rappelle quelqu'un ?

— Oui. Elle… Si je pouvais lui offrir une journée à la plage, je le ferais. Mais je ne peux pas. Alors je vous la donne à vous.

Il releva la tête, la noirceur de son regard empêchant Eva de poser la question qui lui brûlait les lèvres. A quoi bon, d'ailleurs. Il ne lui répondrait pas. Il y avait quelque chose de différent dans la voix de Mak, quelque chose d'intense, de profond. Une émotion. Comme l'écho d'une souffrance à laquelle elle n'avait pas accès.

— Je… Je ne sais pas quoi vous dire.

— Ne me remerciez pas, en tout cas.

— Pourquoi pas ?

— Cela se rapprocherait trop d'une interaction amicale entre nous. Ça me paraît inapproprié.

Il la regarda, hochant la tête, avant de reprendre.

— De toute façon, tout cela fait partie de mon travail.

Ne considérait-il pas ce geste envers elle comme débordant le cadre de son travail ? C'était étonnant, à l'avis d'Eva, Mak allait bien au-delà de ses obligations.

— Très bien, fit-elle simplement. J'accepte.

— Bien. Quand aimeriez-vous commencer ?

— Vous êtes libre aujourd'hui ? J'aimerais sortir…

— Non, je suis censé surveiller une certaine princesse mais je peux faire en sorte de combiner les deux.

Elle eut subitement besoin de se conduire comme une enfant, elle aurait voulu trépigner de satisfaction. Ou se jeter dans ses bras.

— Vraiment, vraiment, merci.

— Il y a des règles, l'interrompit-il, la voix grave. Vous resterez dans mon champ de vision. Vous ne me poserez pas de questions. Sur rien. Si je dis que nous devons partir, nous partirons. Si je vous dis de vous jeter au sol et de vous couvrir la tête de vos mains, vous le ferez. Sinon, retour immédiat au palais. Aucun de nous deux n'y tient.

La solennité de son avertissement n'eut aucun effet sur Eva. Elle était focalisée sur ce qui l'attendait : une journée dehors, quelle fête ! Le reste n'avait pas d'importance.

— Très bien, murmura-t-elle, la tête ailleurs.

— Soyez prête dans une heure.

Elle lui sourit et ne reçut qu'un regard glacial en retour.

4.

— Où allons-nous, *Printzyessa* ?

Eva se rendit compte qu'elle regardait la main de Mak depuis un bon moment, alors qu'il avait empoigné le levier de vitesse pour effectuer une marche arrière. Plusieurs cicatrices claires parsemaient sa peau. Une force évidente émanait de chacun de ses gestes, même lorsqu'il s'agissait du simple fait de conduire une voiture.

C'était fascinant qu'un geste aussi quotidien puisse faire battre son cœur si rapidement. Les hommes, au casino où ailleurs, ne lui avaient jamais fait cet effet. Ils ne lui avaient procuré aucune sensation, au sens physique du terme. Bien sûr, les fréquenter était excitant, mais l'excitation provenait du fait qu'elle jouait avec l'interdit et contrevenait aux règles en les laissant flirter avec elle.

Makhail ne flirtait pas. Il n'offrait rien d'illicite. Il était simplement là. Et sa présence faisait ressentir tant de choses à Eva qu'elle se sentait presque trop timide pour tout recevoir.

Elle n'aimait pas ça. Ce n'était pas la gêne qui la préoccupait. C'était cette sensation bizarre qui lui crispait constamment l'estomac.

— Ce serait bien d'aller prendre un café, proposa-t-elle.

Il ne répondit pas, mais franchit les larges portes du palace, les yeux fixés sur la route.

— Après, je pourrais aller faire quelques boutiques.

Malgré l'excitation de la sortie, le programme ne

l'enchantait guère. Si elle avait eu des amis pour partager son après-midi, tout aurait été différent. Mais les seules personnes qu'elle pouvait qualifier de proches étaient Sidney et Mario Gianakis. Les héritiers grecs ne venaient sur l'île qu'en été et, à la réflexion, n'étaient pas tout à fait des amis. Elle ne pourrait jamais leur ouvrir son cœur.

Mais comme ils venaient avec leur propre équipe de sécurité, elle avait pu sortir un peu, avec eux. Son père les jugeait fréquentables…

— Un bon moment en perspective, dit-elle à voix basse, comme pour se persuader elle-même.

Sans réfléchir, elle allongea le bras et laissa ses doigts frôler ceux de Mak. Un frisson la parcourut instantanément, se muant en lave brûlante dans ses veines pour finir par se lover au creux de son ventre.

Elle lui jeta un regard à la dérobée mais il était aussi immobile que d'habitude, les yeux fixés sur la route. Le seul signe perceptible de leur contact avait été la contraction de sa mâchoire.

— Vraiment bon, laissa-t-elle échapper doucement, renouvelant le contact de ses doigts sur sa peau.

C'était une sensation étrange, interdite et excitante.

Elle cligna des yeux et retira sa main, caressant distraitement le bout de ses doigts comme pour tenter d'établir si la chaleur emmagasinée était bien réelle.

— Pourquoi portez-vous toujours votre alliance ? demanda-t-elle, les yeux fixés sur l'or qui brillait à son annulaire.

Encore une fois, la réaction de Mak fut minimale. Une infime crispation de la main gauche… Comme s'il se retenait de la soustraire à son regard.

— Dites-moi, Eva, si vous étiez kidnappée, tenue en joue par un homme dément au beau milieu d'un café, cette information vous serait-elle utile ?

— Non, bien sûr, mais…

— Dans ce cas, vous n'en avez pas besoin.

— Je pensais juste échanger quelques civilités, Mak.

— Echanger, oui. Se tenir la main et partager ses sentiments, non.

Ses doigts la picotèrent. Elle savait qu'il ne parlait pas de ce qui venait de se passer. Ou tout du moins l'espérait-elle. N'empêche qu'elle avait voulu flirter. Coller de nouveau à l'image que répandait la presse à scandale.

Mais elle ne se sentait pas dans la peau de cette femme en présence de Mak. Avec lui, elle se sentait timide, comme la petite fille qu'il voyait en elle. Tous ses efforts pour se sentir exister étaient réduits à néant en un seul coup d'œil de son baby-sitter surentraîné.

— Très bien. J'imagine que nous nous contenterons du minimum syndical.

— Ou de rien du tout, ce qui serait préférable.

— Je suis curieuse, vous ne pouvez pas m'en vouloir, Mak ! Bien sûr que je vais me poser des questions à votre propos. Nous passons nos journées ensemble et…

— Ne voyez pas cela comme du temps passé ensemble, la coupa-t-il, son léger accent plus marqué qu'à l'ordinaire soulignant chacun de ses mots. Nous sommes comme deux voitures sur la même route, mais nous ne voyageons pas ensemble.

— Très bien, répondit-elle. Même si, techniquement, nous sommes dans la même voiture.

Ils s'étaient arrêtés à un feu, et Mak quitta la circulation du regard pour la première fois depuis le début du trajet.

— Vous ne comprenez pas.

— Si, mais votre métaphore ne fonctionne pas. Techniquement, nous voyageons ensemble.

— Ma métaphore fonctionne, il ne faut pas la prendre au sens littéral, c'est tout.

— C'est déroutant, nous voyageons dans la même voiture et vous me demandez de nous voir comme séparés.

— Ce n'est pas déroutant, c'est vous qui êtes obstinée.

Les coins de sa bouche s'étaient étirés en un début de sourire involontaire, et il reporta son attention sur la route.

Un fin tourbillon de bulles pétilla dans les veines d'Eva.

— Peut-être. Un petit peu. Mais c'est juste que… Si on ne se parle pas du tout, je vais me sentir seule.

— Je n'avais pas compris qu'en plus d'assurer votre sécurité, il faudrait vous tenir compagnie.

Elle soupira.

— A vous entendre, vous êtes encore en train de me chaperonner. De toute façon, je suis certaine que mon père vous paye assez cher pour remplir les deux postes à la fois.

— A vrai dire, à compter d'hier, je ne suis plus payé par votre père.

La mâchoire d'Eva en tomba de stupéfaction.

— Mon père ne vous paye plus ?

— Mes hommes ont commis des erreurs injustifiables. Même si je n'en suis pas personnellement responsable, il est de mon devoir de rétablir la situation. C'est un choix. Comme je vous l'ai dit, je n'ai pas besoin d'argent. L'important, c'est la réputation, et mon image aux yeux de clients potentiels. Cela va probablement vous surprendre, mais je travaille pour des personnes bien plus en besoin de protection rapprochée que vous ne le serez jamais.

— Comme qui ? ne put-elle s'empêcher de demander, la curiosité trop piquée pour penser même à s'offusquer.

— Des hommes qui osent se dresser contre des despotes lors d'élections truquées. Qui se battent pour changer les choses et s'exposent ainsi à un danger permanent. Parfois mes clients sont moins altruistes. Il peut s'agir simplement d'un cheikh qui a dit du mal des mauvaises personnes.

— Alors me protéger, c'est vraiment du chaperonnage, pour vous ?

Il grogna pour l'agacer tout en la décourageant de poursuivre. Sagement, elle laissa tomber le sujet.

— Vous comptez vous balader ? demanda-t-il alors qu'ils passaient par la rue principale de la vieille ville de Thysius.

— Ce serait bien, après le café. J'ai envie de bottines.

Elle n'était pas convaincue d'en avoir réellement besoin mais c'était un but qui en valait un autre. Et curieusement, plus elle passait de temps avec Mak, plus celui-ci s'affirmait comme une option intéressante, comparé à n'importe quelle boutique.

— Je vais me garer, je vous suivrai à distance.

Elle réprima la moue déçue qui allait lui échapper. C'était inutile. Mak fit un créneau rapide et précis.

— Attendez là, ordonna-t-il en coupant le contact et en s'extrayant de la voiture pour en faire le tour.

Il chaussa une paire de lunettes noires. Ses mouvements étaient fluides, mais son regard concentré sur le périmètre qui les entourait. Il ne pourrait jamais se fondre dans la foule, et se conformait ainsi à la seule option qui lui restait : établir une autorité absolue sur les événements. Personne n'oserait douter de sa légitimité à être où il se trouvait. A vrai dire, personne ne poserait de questions.

Il ouvrit la portière d'Eva, et laissant un bras appuyé au-dessus d'elle, il se pencha à l'intérieur.

— La voie est libre. Mettez vos lunettes de soleil, nous ne sommes pas là pour attirer l'attention.

C'était une ruse éculée, mais qui fonctionnait la plupart du temps. Quand on la reconnaissait, les réactions allaient de la surprise au calme poli, teintées souvent d'une ombre de crainte révérencielle. Ce n'était pas son égo qui le lui faisait croire, cela venait simplement du titre royal. Elle était princesse, et les princes impressionnent leurs sujets.

Mais si un attroupement venait à se former, c'était là que les choses pouvaient se corser. Elle ne tenait certainement pas à s'attirer ce genre de publicité. Rien de sensationnel, une vie normale, voilà quel était l'ordre du jour.

Même si elle commençait à douter qu'une vie normale soit effectivement possible en la présence de Mak…

Elle chaussa ses lunettes de soleil et prit son sac à main.

— Je suis prête.

Mak se plaça sur le côté, lui laissant juste assez d'espace pour qu'elle puisse sortir de l'habitacle. Elle se glissa contre lui, les joues en feu. L'après-midi était chaude mais supportable, une brise venue de l'océan offrant un contraste bienvenu au rude soleil égéen. Et pourtant, Eva se rendit compte qu'elle désirait épouser un peu plus la chaleur de Mak. La ressentir vraiment.

Elle le dépassa rapidement pour monter sur le trottoir. Il fallait s'interdire ce genre de sensations. Mak la regardait, elle pouvait le deviner même s'il était protégé par ses lunettes de soleil, et elle ressentit le besoin de tirer sur sa jupe pour couvrir le plus possible d'elle-même.

Au même instant, l'étrange besoin de mettre en valeur chaque parcelle dénudée de son corps la traversait. Elle fut incapable de dire d'où venaient ces deux sentiments totalement contradictoires.

— Partez devant, lança-t-il.

— On vient juste de sortir de la voiture, Mak, il est assez clair que nous sommes venus ensemble.

— Partez devant, répéta-t-il fermement, verrouillant la voiture.

Un nœud de frustration se forma dans la poitrine d'Eva.

— Très bien, fit-elle en se dirigeant d'un pas décidé vers son café favori.

Il y avait bien longtemps qu'elle n'était pas sortie pour un café. Les voyages en ville étaient une fantaisie rare, réservée aux moments où Mario et Sidney étaient présents. Souvent, leurs gardes du corps les précédaient et vidaient les lieux de toute clientèle avant qu'ils n'arrivent. C'était une précaution exagérée. Et aussi éloignée que possible de la vie normale à laquelle elle aspirait. Cet après-midi, elle aurait enfin un aperçu de la vraie vie. Enfin, si elle parvenait à oublier l'homme musclé en costume noir qui la suivait comme un prédateur !

Elle se tourna légèrement et le détailla du coin de l'œil. Il fit comme s'il ne la voyait pas, préférant se fondre dans la foule. Il y parvenait, en dépit de son imposante stature, car il savait coller à la ville, comme s'il était subitement devenu l'une de ses composantes organiques.

Mak était plus à l'aise ici qu'elle ne le serait jamais.

Elle se détourna pour se focaliser sur les boutiques qui bordaient la petite rue. On parlait grec et anglais à Kyonos, mais ici, dans la vieille ville, le grec restait prédominant. On pouvait encore voir des étals de fruits, de poisson fraîchement pêché, des piles de pitas confectionnées à la main. Eva préférait cette ambiance à l'uniformisation des nouveaux quartiers.

Elle se fraya un chemin dans le *kafeino*, Mak non loin derrière. Elle avait toujours aimé cet endroit. Le café était petit, meublé de bois d'ébène. Les étagères débordaient de livres et, de chaque côté des tables basses, les fauteuils étaient tous différents. C'était intime. Original. Tout ce que son palais n'était pas. Tout ce à quoi elle rêvait en ourdissant ses plans d'évasion.

Elle s'approcha de la femme qui se tenait au comptoir, penchée sur ses registres, et lui parla en grec :

— Un café, s'il vous plaît.

Soudain, elle frémit, les sens en alerte. Sans même se retourner, elle savait que Mak approchait. Cette certitude était troublante.

— Et un autre, sans sucre, ajouta-t-elle.

Mak ne semblait pas être le genre à prendre du sucre avec son café.

Eva paya les deux boissons avec un léger hochement

de la tête, suivi d'un remerciement poli, « Efharisto ». Elle était heureuse que la patronne ne l'ait pas identifiée.

Peut-être que la presse se calmait un peu…

— On peut s'asseoir là-bas, fit-elle en direction de Mak.

— Je ne suis ici pour être confondu avec votre compagnon, répondit-il sans même la regarder.

— Franchement, Mak…

— Ne vous ai-je pas dit de ne pas discuter avec moi ?

Elle affecta l'innocence avec une petite moue qui mit en valeur ses lèvres.

Si Eva n'avait pas été aussi célèbre, il l'aurait balancée sur son épaule et ramenée à la voiture. Tout bien réfléchi, l'idée lui semblait d'ailleurs envisageable. De plus, cela lui donnerait une occasion de la toucher…

— Vous désobéissez à un ordre direct.

— Je ne suis pas très douée pour obéir aux ordres, admit-elle avec un radieux sourire.

— Princesse, nous avons passé un contrat…

— Personne ne sait que je suis ici. Je me promène sans mon escorte de sécurité, ce qui est tout à fait inhabituel, voire jamais vu. La patronne ne semble avoir aucune idée de qui je suis. Imaginons simplement que je suis une femme décidée, qui vient de vous offrir un café pour le plaisir de vous avoir à sa table. Ça vous va ?

— Je sais comment dire non à ce genre de femmes.

Mak s'empara pourtant de la tasse qu'Eva lui tendait et choisit une table encastrée dans un des coins de la salle.

Eva semblait prête à lui faire une scène. Se plier à sa fantaisie était le meilleur moyen d'éviter l'escalade. Par certains côtés, il préférait protéger un client sur une zone de guerre que vivre une situation comme celle-ci. Au moins, dans le premier cas, c'était lui qui décidait de tout.

Il s'assit en soupirant. Les lèvres pleines d'Eva s'étaient

étirées en un sourire de satisfaction. Repoussant le moment de s'asseoir, elle se mit à flâner dans la salle, chaque mouvement trahissant l'intense plaisir qu'elle éprouvait à être libre. Chacun de ses pas révélait l'éclat doré de ses jambes.

Elle était splendide, c'était indiscutable. Il l'avait remarqué la première nuit, et il le remarquait aujourd'hui, alors qu'elle s'était sagement vêtue d'une robe sobre et élégante, qui rappelait la sophistication des années 1950… en plus court, ne dissimulant pas grand-chose de ses cuisses rondes et bronzées.

Il serra les poings sous la table. Une nouvelle fois, il en venait à se demander s'il n'était pas temps de prendre une maîtresse. La réponse à cette question était évidente, depuis longtemps. Mais c'était moins simple qu'il n'y paraissait.

Eva vint le rejoindre enfin. Une note féminine de parfum flotta jusqu'à lui, comme une odeur de peau fraîche et de fleur délicate. Le corps de Mak se tendit. Penser à Eva alors qu'il se demandait s'il était temps de trouver une partenaire n'était certainement pas la meilleure des idées.

Une nouvelle brèche fissurait son bouclier d'airain. Eva semblait toujours être la cause de ses défaillances. Pourquoi donc ? Et pourquoi même se poser la question ? Ce n'était pas ainsi que Mak menait sa vie. Il filtrait les émotions, écartait tout ce qui lui était inutile pour se concentrer sur l'essentiel, sa capacité à réagir en situation de crise. Il le fallait. Etre capable de se couper du bruit et de la fureur pour agir rapidement, avec efficacité.

Il n'avait pas le temps de respirer les parfums de la vie. Qu'il s'agisse de parfums réels ou d'une image.

— Pourquoi les éconduisez-vous, ces femmes ? demanda-t-elle enfin, la tête penchée sur le côté, de fines boucles venant caresser ses joues lisses comme le cours paisible d'une rivière limpide.

— Vous tentez encore de me faire parler. Pourquoi allez-vous dans ces casinos ?

— On en a déjà discuté, répondit-elle en sirotant son café.

— Dans le seul but de détruire votre réputation ?

— Je mentirais en vous répondant le contraire. En partie. Mais aussi pour… m'amuser, tout simplement. Mon père… Je l'aime, mais il croit au contrôle de l'image, à l'opinion publique. Ainsi, ma vie s'est réduite à une succession de restrictions. Quand je partais en vacances, il fallait emmener une cohorte d'employés du palais. Pour me protéger, c'est ce qu'il m'a toujours dit. A la vérité, ils étaient là pour me maintenir dans le rang. En grandissant, j'ai compris que… plus je restais dans le rang, plus je haïssais ce rang.

Elle releva la tête, le dévisagea. Ses yeux étaient toujours cachés par ses lunettes mais il les imaginait, étincelants, pleins d'émotion. Oui, Eva était splendide.

— Vous ressentez trop, Eva. Vous prenez tout trop à cœur.

— Voilà que vous prodiguez des conseils, maintenant, dit-elle, les lèvres pincées.

— Vous vouliez parler. Je vais vous parler. Les émotions changent, constamment. Les seules choses que vous possèderez jamais, vos seules constantes, seront l'honneur et votre dévouement à votre pays. Faire des choix de vie, et les respecter. Il y a de la satisfaction là-dedans.

— Ça semble noble, dit-elle en vidant sa tasse.

— Je ne me suis jamais considéré comme noble, répondit-il. Mais c'est ainsi que je vis.

Les yeux de Mak restaient rivés à l'objectif. Si quelque chose devait être mené à bien, il veillait à ce que ce soit fait. C'était pour cela qu'il avait choisi de veiller sur Eva pour les six mois à venir. Accomplir la tâche, s'en tenir à ce qu'il avait promis était plus important que de se sentir bien, confortable, ou heureux.

— Vous êtes heureux ? demanda-t-elle.

Il serra les dents.

— A mon sens, le bonheur est le plus grand mensonge inventé par l'homme. On brise tant de choses en courant derrière ! Les mariages, la vie des autres sont souvent piétinés pour goûter ne serait-ce qu'une miette de ce prétendu bonheur. Qui ne dure jamais, d'ailleurs… Il doit exister une meilleure raison de vivre.

Eva fronça les sourcils, une faille fissurant l'assurance de son beau visage.

— Vous pensez qu'il est primordial de faire passer le bonheur du plus grand nombre avant vos sentiments ?

— Je ne crois pas aux sentiments. Ils mènent à trop de bêtises. Les gens vivraient bien mieux s'ils se servaient de leur tête au lieu de leur cœur.

— Vous êtes un vrai boute-en-train, savez-vous ?

Un rire bref échappa à Mak.

— Ce qui veut dire que je vous ennuie. Pourquoi ne pas m'avoir laissé seul de l'autre côté de la salle ?

— Parce que c'est plus intéressant ainsi. Je ne sais pas si c'est plus amusant, mais c'est plus intéressant.

— Et le casino ? C'était amusant ?

Elle haussa les épaules.

— C'était différent. Insouciant.

— Et les hommes ?

Eva marqua de nouveau son indifférence.

— Je ne me souviens même pas de leurs prénoms. Ils ont pu me toucher mais pas toucher mon cœur.

L'estomac de Mak se tordit à cette évocation. Eprouvait-il… une sorte de jalousie ? C'était bien de la jalousie, violente, déraisonnable et, pour lui, inconnue, qui venait de se répandre dans ses veines. Ses muscles se crispèrent, son instinct mâle lui dictant d'agir, d'ignorer son cerveau froid et logique. De prendre Eva, de la faire sienne.

Il serra les dents, tentant de reprendre le contrôle. La pierre qui avait remplacé son cœur bien des années plus tôt lui serait une fois de plus utile.

Eva réagit devant son air furibond ;

— Que pensez-vous que j'aie fait avec eux ? Ils ont embrassé mes mains, mes dés, et rien d'autre. De toute façon, ma vie privée ne vous concerne pas… Désolée de cette piètre plaisanterie, reprit-elle avec un rire forcé. Nous savons vous et moi que je n'ai aucune vie privée.

Mak ne put abolir l'intense soulagement qui le parcourut à l'entendre se défendre. Ni prétendre que ce qu'elle avait admis ne lui causait aucune émotion.

— C'est le prix de la royauté, conclut-il.

— Il paraît. Au fait, qu'y a-t-il dans mon dossier, Mak ?

De nombreuses choses y figuraient. Ses escapades hors du palais, la probabilité qu'elle épouse le prince Bastian Van Saant… Le dossier contenait toute une liste qu'il avait trouvé utile de connaître pour mieux la protéger.

Mais il commençait à en douter. Eva avait peut-être raison. La connaissait-il si bien ? Elle avait une manière de le surprendre qui lui était unique.

— Il n'y a aucune infraction majeure dans votre dossier, affirma-t-il.

— Ah, aucune infraction majeure. J'imagine que cela englobe les parties fines avec des inconnus ?

— Oui, ce genre de choses aurait été mentionné.

Elle lui adressa un demi-sourire effronté.

— J'en prends bonne note.

Le cœur de Mak battait trop vite. Le sujet n'avait aucun intérêt pour lui. Qu'elle couche ou non avec des inconnus, en quoi était-il concerné ? Mais curieusement, il tenait à Eva. Et ses pensées s'engageaient sur une voie dangereuse.

La princesse lui faisait espérer que les choses aient pu être différentes. Espoir inutile, futile, même. Dévastateur…

— Rien d'intéressant donc ? reprit-elle.

— Quelques détails significatifs, rectifia Mak. J'ai apprécié le coup des draps tressés pour vous évader. C'est une preuve d'initiative.

— Je suis heureuse que vous le mesuriez à sa juste valeur. Ça n'a plu à personne d'autre.

— Je peux l'imaginer. Mettez-vous à leur place…

— En sommes-nous au point où vous prenez la défense de mon père ?

Il ne prêta pas attention à la crispation qui lui serrait la poitrine. Tout du moins essaya-t-il.

— Comme je vous l'ai dit, Eva, je suis en mission. Je ne prends pas parti. Et s'il ne m'avait pas été aussi facile de partir par la grande porte lorsque j'étais adolescent, j'aurai sûrement filé par une fenêtre, moi aussi.

Un sourcil élégant se haussa au-dessus des lunettes noires.

— Vous auriez bousculé l'ordre établi ? J'ai du mal à le croire.

— Et pourtant, j'ai brisé bien des règles au cours de ma vie.

5.

Mak préféra garder ses distances durant les séances d'essayages, se cantonnant à l'entrée du magasin alors qu'elle sélectionnait plusieurs paires de bottines. Lorsqu'elle émergea enfin, les bras chargés de sacs, il se tenait à côté de la porte, prêt à l'en débarrasser.

— Vous avez terminé votre shopping ? demanda-t-il.

— Je pense, oui.

Ils marchèrent jusqu'à la voiture et Mak déposa les achats dans le coffre.

— Prête à rentrer au palais ?

Non. Elle ne l'était pas du tout. L'idée de ce retour la prenait à la gorge, l'étranglait. Elle en suffoquait presque.

— Non, je… Peut-on aller à la plage ?

Il retira ses lunettes et l'étudia du regard.

— Dans cette tenue ?

— Juste un petit moment…

Il hocha la tête en signe d'assentiment et ils abandonnèrent la voiture, traversant le boulevard jusqu'à ce que le trottoir se change en sable sous leurs pieds.

Elle se pencha et retira ses chaussures, les tenant d'une main alors qu'elle marchait jusqu'à l'eau, jusqu'à ce que les premières vagues lui lèchent les orteils.

Eva ferma les yeux, laissant le soleil réchauffer son corps. A l'intérieur, elle avait désespérément froid. Elle se sentait comme prisonnière. Prisonnière de ce que l'on attendait d'elle et des événements à venir.

Elle n'avait aucune idée de ce que serait la réaction du roi si elle se dressait contre lui et refusait de se marier. Alors, elle prenait une voie de traverse, celle des plus faibles. Elle poussait les hommes à la fuir.

— Peut-être devrais-je essayer de nager jusqu'à ma liberté, lança-t-elle, sentant Mak derrière elle.

Elle se retourna pour le regarder, amusée par l'image qu'il lui offrait, en costume noir impeccable, ses chaussures de cuir bien cirées toutes maculées de sable fin.

— C'est une longue traversée jusqu'à la prochaine île, et plus longue encore jusqu'au continent.

— De toute façon, mon père enverrait un hélicoptère pour me récupérer. Mais mon sort ne l'émouvrait pas plus.

— Vous croyez ?

Elle se retourna pour lui faire face. Leurs yeux se rencontrèrent, se soudèrent, et ce fut comme un choc.

— Je n'en ai aucune idée. Je ne sais pas comment il réagirait si je choisissais de ne pas épouser l'homme qu'on me présentera. Mais je… je ne suis pas vraiment sûre de vouloir le savoir. En utilisant ma réputation pour amener les hommes à me fuir, je recule l'échéance, mais j'évite aussi de me poser les vraies questions.

— C'est effectivement plus simple.

— Et plus lâche.

Elle observa le visage insondable de Mak.

— Je serai donc bientôt lâche et mariée, je présume.

— Le mariage n'est pas une si mauvaise situation, lâcha-t-il, la voix rauque.

— Vous ne m'avez pas l'air d'en être un fervent supporter ! Vu que vous ne croyez pas en l'amour…

— Je n'ai pas dit que je n'y croyais pas, seulement que je n'en voulais pas. L'amour est une chose réelle, Eva. Extrêmement réelle, sans dentelle ni fioritures. Si vous aimez quelqu'un, cela peut générer une douleur dont vous n'avez même pas idée. Le genre qu'on ne souhaiterait pas à son pire ennemi. Vous désirez l'amour parce qu'on vous a bercée de jolis contes. *Ils vécurent heureux et eurent beaucoup d'enfants.* La vraie vie n'est pas comme ça. Vous ne pouvez pas déclarer : voilà, je suis mariée, et tout ira pour le mieux dans le meilleur des mondes. On n'a généralement aucune idée de ce qui va suivre.

La conviction de Mak ébranla les siennes. Eva avait tendance à lever les yeux au ciel lorsqu'on lui donnait des conseils. La plupart du temps, il s'agissait plus de la brider que de l'aider… Elle avait appris à résister. Les discours glissaient sur elle. Mais pas celui de Mak. Ses paroles étaient sincères, venues du tréfonds de lui-même. Elle ne pouvait s'y fermer.

— Est-ce donc un tort, Mak, que de vouloir plus qu'une union basée sur de simples alliances entre pays ?

Mak lui jeta un long regard, semblable à une caresse.

— Ce n'est pas un tort, mais ne condamnez pas cette union à l'avance. Peut-être l'amour naîtra-t-il du respect.

— J'ai déjà rencontré le principal prétendant et… je ne ressens rien pour lui. Rien du tout. Il ne m'attire pas.

Bastian ne lui inspirait que de l'ennui. Alors que se tenir simplement près de Mak la troublait au plus intime d'elle-même. Son cœur battait plus vite, ses jambes se dérobaient.

Et elle ne l'aimait même pas !

Enfin, c'était à demi vrai. A l'instant précis, elle l'appréciait presque. Mieux encore, elle ressentait comme un étrange lien entre eux.

— Il n'y a pas que le sexe dans le mariage, fit-il d'un ton égal.

— Mais c'est important, répondit-elle, les joues rouges, le cœur un peu affolé de son audace. Je pensais que c'était une des choses qui rendaient le mariage supportable.

On n'aurait pu déchiffrer le visage de Mak. Ses yeux noirs semblaient vides, privés d'émotion. Mais quelque chose avait changé en lui, même si Eva n'aurait su dire quoi. Son corps s'était tendu, ses muscles bandés.

— Etes-vous prête à rentrer à présent ?

— Oui…

Elle ne l'était pas, ne le serait sans doute jamais mais elle comprenait que Mak voulait s'en aller. Elle ne voulut pas le retenir. Il ne demandait pas cela pour la contrarier. Il ne faisait jamais rien sans raison.

— Bastian sera là, ce soir.

Stavros, futur roi de Kyonos, se servit un verre et s'assit dans l'un des fauteuils blancs disposés dans son salon, face au canapé.

Cela faisait maintenant presque deux semaines que Mak avait pris son poste de garde du corps, et Eva se sentait à bout. Etre constamment si près de lui la rendait irritable, faisait bouillir son sang, lui nouait perpétuellement le ventre. Voir Stavros créait une diversion bienvenue.

— Ah bon ?

Si seulement Stavros savait comme elle s'en moquait ! Si elle l'avait osé, elle aurait avoué son envie de vomir.

— Je crois que notre père espère que tu tomberas amoureuse de lui.

— Aucune chance. Entre nous, il n'y a aucune…

— Alchimie ? dit-il après une longue pause.

— Oui, c'est le bon mot.

Ce qui l'éloignait de Bastian était bien plus profond que cela, mais l'absence d'alchimie fournissait une explication simple. Elle n'allait pas se mettre à parler d'amour, pas avec Stavros, probablement le seul homme capable de rivaliser avec Mak en termes de cynisme.

— Bastian est un bon parti pour Kyonos.

— C'est la seule chose qui te viendra à l'esprit lorsque tu prendras une épouse ?

Stavros haussa les épaules :

— C'est ce qui compte le plus.

— Tu ne voudras donc rien partager avec elle ?

— Ce serait préférable en effet, mais si besoin était… Je ferai ce qui est le mieux.

— Pour Kyonos, pas pour toi, renchérit-elle.

— C'est le but de nos vies, Evangelina… J'ai cru comprendre que tu avais un nouveau garde du corps, reprit-il.

Changement de sujet opportun, tout à fait typique de Stavros.

— Ah oui, mon chaperon. Tu ne l'as jamais rencontré ?

Stavros secoua la tête.

— Mais j'imagine que je le verrai au bal ? Il sera là pour t'empêcher de te faire la belle…

— Sans doute. Mais je ne tenterai rien.

Dieu savait pourtant que ce n'était pas l'envie qui lui manquait.

— Tu vas évaluer des princesses, ce soir ? demanda Eva.

— Non, répondit Stavros en reposant son verre. J'ai engagé quelqu'un pour s'en occuper à ma place.

— Pardon ?

— J'ai trouvé une… spécialiste en la matière. Son métier est de trouver la combinaison sentimentale et sociale parfaite entre ses clients. Je l'ai engagée pour qu'elle trie les profils et m'aide à sélectionner les candidates les plus qualifiées.

— Une entremetteuse ?

— Pas exactement. C'est une experte dotée d'excellentes relations.

Eva renifla avec dédain.

Stavros se leva.

— Content d'avoir passé ce moment avec toi, Eva. Je

suis sûr que nous aurons l'occasion de bavarder durant la soirée.

— Bien sûr.

— Et conduis-toi bien, ce soir. Ne file pas à l'anglaise.

Sur cette dernière recommandation, il sortit, refermant la porte derrière lui.

Bastian serait là, ce soir. Eva devrait danser avec lui. Il ne la dégoûtait pas, non, mais le simple fait d'être dans ses bras et de ne rien ressentir lui faisait horreur. Si elle l'épousait, ils dormiraient ensemble et cet épouvantable sentiment de vide se prolongerait indéfiniment.

Ses pensées se tournèrent vers Mak, vers cette nuit dans le hall où il l'avait tenue contre lui, son torse pressé au sien. Elle avait ressenti sa force, sa présence, sa chaleur. Elle n'avait voulu rien d'autre que se rapprocher de lui quand elle aurait dû s'éloigner.

A quoi ressemblerait une danse avec Mak ?

Elle secoua la tête et quitta le canapé, agacée. Il était tout à fait inutile d'y penser. Cela n'arriverait jamais.

Ce n'était pas en fantasmant sur son garde du corps qu'elle allait se préparer pour le bal.

Devoir garder les yeux constamment sur Eva pendant le bal était sûrement un moyen imparable de ne pas se laisser distraire, essaya de se convaincre Mak. La vérité était que, même s'il l'avait voulu, il n'aurait pas pu la quitter des yeux. Eva éclipsait toutes les autres femmes de l'assistance. Leurs tenues, aussi splendides soient-elles, se confondaient en une masse informe et banale. Rien n'avait d'importance. Rien n'était conséquent. Il n'y avait qu'Eva.

Ce soir, elle était en rouge. Un rouge riche, profond, un corset de satin qui s'évasait en une longue robe vaporeuse… Le corsage échancré dévoilait en partie les rondeurs dorées de sa poitrine. Ses boucles brunes tombaient en cascade sur l'une de ses épaules, et son rouge à lèvres faisait un merveilleux écho à sa tenue. Elle incarnait à la perfection tout ce qu'un homme pouvait attendre d'une femme, d'une amante.

Le corps de Mak se tendit, le besoin qu'il avait passé une vie entière à bannir pulsant dans ses veines. Il faisait un effort surhumain pour s'empêcher d'y céder et de la prendre dans ses bras.

Si elle devait s'approcher de lui, si elle devait le toucher, cette maîtrise faillirait face à la puissance de son désir.

Il lui fallait un exutoire. Le soulagement qu'il avait cherché dans les salles de sport, ces dix dernières années, punissant son corps, le poussant jusqu'aux limites du supportable, ne servirait plus à rien aujourd'hui, il le savait.

Il serra les poings. Un homme venait de s'approcher d'Eva et il le reconnut d'après ses photos. Il s'agissait de Bastian Van Saant, l'homme qui, selon toutes probabilités, deviendrait son mari. S'il ne découvrait pas de défaut majeur chez elle, tout du moins…

Comment aurait-ce été possible ? Eva était tout simplement parfaite.

Van Saant la prit dans ses bras et ils glissèrent tous deux sur la piste de danse. Eva semblait tendue, alors qu'ils évoluaient au rythme de la musique, la posture raide.

Mak se déplaça d'un mouvement souple, décrivant un demi-cercle qui lui permettait de ne jamais perdre Eva de vue. Le roi Stephanos s'inquiétait d'une possible escapade de sa fille durant la soirée. Ou pire, d'une escapade accompagnée, ce dont Mak doutait fortement.

Il la croyait quand elle disait qu'elle n'avait rien fait de mal avec les hommes du casino… Eva ne mentait pas. Elle détourna un instant la tête et, subitement, leurs regards s'accrochèrent.

Sa bouche s'ouvrit légèrement sur le bout dardé de

sa langue, qui glissa lentement le long de ses lèvres pleines. Mak ressentit comme une décharge d'adrénaline jusque dans ses reins. Il ne contrôlait plus son corps, à présent. C'était une bien cruelle plaisanterie pour un homme comme lui qui avait tout misé sur la maîtrise de lui-même…

Il avait connu des femmes superbes, des clientes avec lesquelles il avait partagé une intimité forcée, du fait de la protection rapprochée. Jamais il n'avait ressenti l'urgence de la tentation. Il aurait pu, parfois, avouer une attirance mais il lui suffisait de s'éloigner pour que celle-ci s'efface sans laisser le moindre regret. Et pourtant l'expérience de ces femmes, en matière de séduction, dépassait largement celle d'Eva… Alors pourquoi aujourd'hui se sentait-il poussé à bout, plus qu'il ne l'avait jamais été, même adolescent, avec Marina ?

Il savait canaliser ses émotions alors, il aurait dû être capable d'adopter la même stratégie aujourd'hui. Eva était sous sa protection, et cela voulait dire que la sombre passion qui s'était emparée de lui devait être ignorée.

Qu'avait-elle de plus que les autres ? Etait-ce son corps aux lignes parfaites ? Où était-ce le défi qui enflammait ses prunelles lorsqu'elle le regardait ? Sa malice, ses bravades inutiles ? Elle ne ressemblait à aucune des femmes qu'il avait connues.

Eva maintint leur jeu de regards pendant qu'elle dansait avec Bastian. Une de ses mains reposait sur l'épaule de son cavalier et, lorsqu'elle resserra son étreinte, Mak frémit, comme si c'était son épaule qu'elle agrippait. Il était adossé à l'une des colonnes de marbre conscient que son attitude n'avait rien de professionnel. Et éprouvant une satisfaction perverse à l'idée qu'Eva, de son côté, avait beau danser dans les bras de Bastian, elle n'était pas vraiment *avec* lui.

La musique se tut et Eva s'écarta de son cavalier, après

quelques mots prononcés sans sourire. Puis elle quitta la piste de danse, s'arrêtant une seconde, le temps que ses yeux parcourent la foule et retrouvent ceux de Mak. Prenant une rapide inspiration, elle se dirigea vers la sortie.

Mak la prit immédiatement en chasse, bien décidé à ignorer le désir qui l'assaillait. Après tout, il ne faisait que son métier…

Eva traversa la salle et se dirigea vers les grandes fenêtres, ouvertes sur les jardins. Mak se faufila à sa suite et la suivit dans le parc désert, qu'éclairaient seulement les rectangles de lumière venue du palais.

Quand il la rejoignit, Eva se tenait dans la pénombre et seule la tache rouge de sa robe la rendait visible.

— Où courez-vous si vite ? s'enquit Mak.

— Nulle part. J'avais besoin d'un peu d'air frais.

Ses lèvres pleines, à peine entrouvertes, et son regard qui exprimait comme un appel attirèrent irrésistiblement Mak. Il s'approcha.

— Danser avec Bastian vous fait donc autant d'effet ?

Elle tourna la tête, masquant dans l'ombre l'expression de son visage.

— Pas plus que d'habitude. Mais à présent que la date de mes fiançailles est fixée, j'ai trouvé cela plus dérangeant. Car il y a de fortes chances qu'il soit l'élu. S'il y met le prix… Quel est celui-ci, je n'en sais rien et je suis trop lâche pour demander ce que je vaux aux yeux de mon père.

— Vous voudriez éprouver quelque chose pour Bastian ?

— J'aimerais mieux… Pour ce qu'il m'émeut à présent, il pourrait tout aussi bien être mon frère.

Mak était arrivé tout près d'elle et il vit un pâle reflet de lune trembler dans ses prunelles, trahissant l'intensité de son émotion. D'une main il lui caressa la joue. C'était un geste de sympathie, rien de plus. Il n'y avait aucun mal à cela.

La douceur de sa peau contre sa paume déclencha pourtant une nouvelle vague de désir en lui. Forte, profonde. C'était déjà tant de ressentir ce besoin ! De le goûter. Le simple désir d'un homme pour une femme. Cela suffisait presque.

Les yeux fermés, Eva exhala un soupir, son souffle tiède effleurant le poignet de Mak.

— Voudriez-vous danser avec moi ?

Mak laissa retomber sa main.

— Pardon ?

— Dansez avec moi, s'il vous plaît, demanda Eva, ses paupières s'ouvrant sur son regard sombre.

Sans réfléchir, il la prit par la taille. Le désir, cru, ravageur, revint en force et il tressaillit sous son assaut. Elle était douce, tiède. Vivante. A son tour, elle posa une main sur son épaule et la sensation fut ce qu'il avait imaginé en la voyant danser avec un autre. Car il y aurait toujours cet autre, songea-t-il en serrant les dents.

Eva se pressa contre lui et il sentit son cœur battre tout près du sien.

Elle le touchait, ce que personne n'avait fait depuis bien longtemps. C'était réel… Il tenait dans ses bras une femme consciente, qui bougeait contre lui de sa propre initiative et non plus un corps passif, comme celui de sa femme lorsqu'il la soulevait pour lui faire changer de position dans le lit d'hôpital. Il touchait Marina, bien sûr. Il l'habillait. Elle respirait mais il savait qu'elle n'était plus vraiment là. Et cela avait duré pendant des années. Une éternité.

Un soupir s'étrangla dans sa gorge et il repoussa le souvenir de toutes ses forces. Marina l'avait quitté. Corps et âme. Depuis leur mariage, elle n'était plus qu'un corps sans esprit. Un beau jour, ce corps s'en était allé, lui aussi.

— Je ne danse pas très bien, murmura-t-il.

— Ce n'est pas grave, moi non plus…

Pendant un instant, Mak en oublia de bouger, tout occupé à laisser chacune des sensations nouvelles s'imprimer en lui. La chaleur du corps d'Eva sous le satin de sa robe. Le parfum des bougainvillées mêlé à son odeur. Excitante. Tentatrice. Tout comme ses cheveux dont les boucles sombres semblaient implorer son toucher…

Il ferma les yeux et se concentra sur la musique dont les échos parvenaient jusqu'aux jardins. Le son était si atténué qu'il pouvait tout juste suivre le morceau. Prenant une profonde inspiration, il se mit à bouger, parfois suivant la mélodie, parfois se contentant d'évoluer au rythme qu'imposaient leurs deux corps serrés l'un contre l'autre. La main de Mak quitta la taille d'Eva pour rejoindre sa hanche. Et soudain, ce ne fut plus assez. Il voulait plus. Plus que de deviner sa peau à travers le tissu, plus que de se presser à elle derrière la barrière de son costume.

Il sentit les doigts d'Eva glisser contre son épaule et il se recula légèrement pour la voir. Leurs lèvres étaient si proches… Rien n'aurait été plus naturel que de l'embrasser. Tellement plus naturel que de se rappeler sa mission, tellement plus simple que de se contrôler…

Il lâcha Eva et fit un pas en arrière.

— Mak ? fit-elle d'une voix presque angoissée. La musique ne s'est pas arrêtée…

— C'est nous qui nous arrêtons là, princesse, fit-il presque rudement, forçant les mots hors de sa gorge. Allons-y, Eva. Vous ne voudriez pas qu'on s'aperçoive de votre absence.

Le cœur de Mak se déchaînait dans sa poitrinc, son corps hurlait sa protestation.

— Vous… vous avez raison, répondit Eva.

Elle passa devant lui et regagna le palais, luttant pour ravaler les larmes qui lui montaient aux yeux, ébranlée jusqu'au tréfonds de son être. Il lui était arrivé de s'imaginer dans les bras de Mak le temps d'une danse, d'imaginer ce que serait la chaleur de son corps. Son imagination ne s'était pas montrée assez vivace.

Elle croisa les bras sur son ventre, se berçant presque, cherchant à parer le coup. Se retenant de fondre en larmes. Comme elle avait sous-estimé l'effet que lui ferait Mak ! Sentir son corps, c'était comme se retrouver dans une coulée de lave en fusion. Ce qu'elle éprouvait dans ses bras dépassait de loin tout ce qu'elle avait pu rêver…

Sa peau la brûlait aux endroits où il avait posé ses mains, et le feu se propageait en elle, courant le long de ses veines, incendiant tout son corps. Depuis qu'il s'était écarté, la sensation s'effaçait, peu à peu, la laissant vide, dévastée comme une terre brûlée.

Elle n'y comprenait rien, elle était perdue ! Comment un homme aussi froid que du granit pouvait-il la consumer ainsi ? De toute façon, ce ne serait pas Mak qu'elle épouserait. Le désir qui accélérait son pouls et tordait son ventre était sans issue. L'espoir même lui était interdit.

D'ailleurs, même si leur union avait été envisageable, Mak n'aurait pas forcément voulu d'elle… Pour qui se prenait-elle, soudain ? Il n'y avait que les princes pour accepter d'épouser des princesses, ou ceux qui avaient besoin d'argent. Mak ne faisait partie d'aucune de ces catégories.

6.

— Il faut lui faire quitter Kyonos, décréta le roi Stephanos d'un ton sans appel, reposant sèchement sur le bois ciré de son bureau le journal qu'il tenait entre les mains.

Trois jours s'étaient écoulés depuis le bal, trois jours depuis que Mak avait tenu Evangelina dans ses bras. Et chacune de ces journées avait appris à Mak la douceur du tourment. Car c'était un tourment que de la voir sans pouvoir la toucher. Mais le souvenir même de l'avoir sentie vivante et vibrante sous ses mains était d'une douceur incomparable. Le désir qu'il éprouvait pour elle le tenait éveillé la nuit, le corps tendu à l'extrême. La voir et s'astreindre à ne pas la prendre dans ses bras tenait du défi. Il y parvenait pourtant et ne l'avait pas touchée depuis le bal.

Trois jours de souffrance délicieuse et quinze depuis qu'il était allé la récupérer au casino. C'était cette escapade qu'Eva allait payer à présent. Mais peut-être, au bout du compte, tout se déroulait-il comme elle l'avait prévu…

— Papa…

Evangelina s'approcha du bureau de son père.

— Tu en as assez fait, ma fille, gronda le roi. Quelle est votre idée pour régler le problème ? dit-il en se retournant vers Mak

D'un geste furieux, il désignait les gros titres du journal qui s'étalait sur son bureau. Ceux-ci promettaient une interview des deux hommes avec lesquels la princesse avait passé une folle nuit dans un salon privé du casino, avant de leur être arrachée par son troisième amant…

— Quitter Kyonos me paraît une excellente idée, Votre Majesté. Il faut que votre fille garde profil bas jusqu'à ce que l'affaire se calme, ce qui arrivera vite une fois qu'on aura prouvé que cette histoire est mensongère. Ce qui ne devrait pas poser problème : il est facile de démontrer que je ne suis pas son amant et qu'elle se trouvait à une table de jeu, non dans un salon privé du casino.

— Je n'ai rien fait de mal avec ces hommes, protesta Eva, la voix vibrante de colère.

— N'avez-vous pas tout mis en œuvre pour vous bâtir cette réputation auprès de la presse ? rétorqua Mak, cassant.

— Je n'imaginais pas qu'ils iraient si loin dans la calomnie.

— Les médias ne se gênent pas, princesse, et une fois lancés, ils sont impossibles à contrôler.

— C'est toi qui as créé tout ce désordre, ma fille, reprit le roi Stephanos, il est trop tard pour jouer les indignées. Tu aurais dû savoir que la moindre information glanée par la presse à scandales se transformerait immédiatement en boue et te collerait à la peau. C'est pour cela que je dois louer les services d'un garde du corps, pour t'empêcher de te nuire à toi-même. Cette fois, il me faut t'éloigner.

— Je sais où pourrait aller la princesse, suggéra Mak, l'estomac crispé alors même qu'il parlait. Il s'agit d'un endroit tellement privé que très peu de gens connaissent son existence. Quinze jours là-bas devraient permettre à votre fille de se faire oublier. Vous pourrez faire circuler l'information selon laquelle elle est partie en cure…

— Excellent. Emmenez-la, que je n'entende plus parler de toute cette histoire, conclut le roi, soulagé. Eva, obéis à cet homme comme à moi-même. Et ne discute plus !

Mak la regardait. Il sentait gronder en elle des protestations qu'elle ravalait avec peine… Elle lança un dernier regard à son père avant de sortir, mais le roi avait déjà repris l'étude de ses dossiers. Makhail la suivit, fermant soigneusement derrière lui la porte du bureau royal.

Deux semaines, songea Eva, chavirée… En tête à tête avec Mak ! Alors que le simple fait de se trouver dans ce couloir désert en sa compagnie faisait battre son cœur !

Qu'en serait-il lorsqu'elle se retrouverait réellement seule avec lui ? Elle aurait dû en être effrayée mais le sentiment qui la dominait était plutôt l'excitation. Une excitation telle qu'elle en avait soudain les jambes en coton…

Elle tenta de se reprendre : qu'y avait-il d'excitant dans toute cette histoire ? Le fait de voir son nom sali par la presse ? Elle rougit violemment en se rappelant ce que les deux hommes prétendaient avoir fait avec elle.

— Ne faites pas cette tête-là, lança Mak. Vous vouliez échapper au palais, non ?

— Je n'en demandais pas tant. Etre évacuée dans votre… refuge secret. Une chambre forte, peut-être ?

— Un chalet en Suisse. Ce n'est pas la prison d'Alcatraz non plus…

Ses mots firent naître une ombre de sourire sur les lèvres d'Eva, vite remplacé par une grimace.

— Eh bien, jeta Mak, quel est le problème ?

— Je suis embarrassée par tout cela, fit-elle, la gorge serrée.

— Vraiment ?

— Imaginez dans quel état vous seriez si deux femmes prétendaient… Ah, oubliez ce que je viens de dire, reprit Evangelina d'un ton amer, vous êtes un homme, bien sûr… Il est probable que vous vous en vanteriez et que tout le monde sourirait avec indulgence en complétant la liste de vos conquêtes. Mais comme il s'agit de moi, on m'impute un crime qui n'a jamais existé.

— Vous avez tout fait pour…

— Ce n'est pas faux, admit-elle en pianotant sur le digicode de sa chambre. J'avoue quelques sottises. Mais rien de cet ordre. J'ai une morale, figurez-vous. J'ai voulu m'attirer une mauvaise réputation : le résultat dépasse mes espérances.

Elle entra dans sa chambre, alluma et retira de son dressing une valise qu'elle installa sur le lit.

— Vous n'appelez pas votre femme de chambre pour cela ?

— De quoi vous étonnez-vous ? Je ne suis pas invalide, Mak, rétorqua-t-elle, retirant des vêtements de sa penderie qu'elle jeta dans la valise. Pas plus que je ne couche avec tout le monde. Quand je pense que les gens vont croire…

— Les gens ont autre chose à penser.

— Sans doute pas, sinon, où serait l'urgence de m'évacuer ?

— C'est plutôt pour préserver votre réputation aux yeux de Bastian. Imaginez qu'il ne veuille plus de vous ?

Elle leva les yeux sur lui, partagée entre angoisse et soulagement.

— Mais nous n'en sommes pas là, reprit Mak. Pour l'instant, on part en Suisse. Et on se tient cois, jusqu'à ce que l'affaire se tasse et que le palais nous rappelle.

— Mais que va-t-on faire là-bas, pendant tout ce temps ?

Mak avait bien quelques idées sur la question, mais celles-ci accéléraient son pouls et il refusa de s'y attarder. Il ne leur laissa pas même prendre la forme d'images trop précises. L'idée de passer deux semaines en tête à tête avec Eva mettait le feu aux poudres de son esprit. Mais pourrait-il jouer longtemps avec cette flamme-là sans se brûler ?

— J'ai tout un stock de jeux de société…, répliqua-t-il.

Elle lui jeta un regard torve.

— Ça va être passionnant. Scrabble, peut-être ?

La franchise de son regard et la vivacité de ses reparties, dans ces circonstances, avaient de quoi le surprendre. Mak la regarda plus attentivement : elle était vraiment hors du commun. Une énigme qu'il tenait à résoudre… Mais s'il s'approchait trop de la flamme… Pourtant, il ne résista pas au désir de la taquiner.

— En russe, alors, pour corser le jeu.

— Je ne parle pas le russe.

— Je vais vous l'enseigner, cela nous fera une occupation…

— Très bonne façon de passer le temps mais j'ai fini mes études. Aidez-moi donc à fermer cette valise, ajouta-t-elle après de vains efforts, désignant le bagage surchargé.

Elle s'était écartée et attendait, impérieuse, les bras croisés sur la poitrine. Mak se mit à rire et, pesant d'une seule main sur le couvercle, il verrouilla la valise.

— J'avais fait le plus dur, jeta Eva, la mine boudeuse.

— Bien entendu, ironisa-t-il en se tournant vers elle.

Comme leurs visages étaient proches, soudain… Il se recula avant d'avoir pu humer son parfum. C'en serait trop pour lui. Comment résister au désir de savoir si sa peau était aussi douce à goûter qu'elle sentait bon ? La flamme risquait de tourner à l'incendie.

— Prête pour l'exil doré ? demanda-t-il.

— S'il le faut pour éviter Alcatraz…

*
* *

Mak fournit le jet privé qui devait les amener en Suisse. Eva, toute princesse qu'elle fût, n'avait jamais rien vu d'aussi luxueux. Le salon ressemblait plus au foyer d'un grand hôtel qu'à l'espace confiné qu'on s'attendait à trouver en avion. Cela lui parut surréaliste.

C'était la première fois qu'elle avait un aperçu de la vie privée de Mak. Elle le savait milliardaire grâce à son travail, mais aujourd'hui elle mettait le doigt sur ce que cela voulait dire. Loin du petit royaume de son père, bien au-dessus de l'océan, elle comprenait que Mak disposait d'une richesse et d'une puissance supérieures à celles de la famille royale.

Bien sûr, les Drakos avaient le pouvoir, les traditions et la petite île de Kyonos pour royaume, mais ce qu'elle voyait là dépassait ce cadre restreint. L'opulence de ce jet, la déférence du personnel envers Mak… Il devenait clair aux yeux d'Eva qu'elle l'avait sous-estimé. Bien sûr, il travaillait pour son père. Mais il n'avait rien d'un employé. Mak n'était subordonné à personne.

— Voudriez-vous boire quelque chose ? demanda-t-il.

Il était assis en face d'elle, dans l'un des confortables fauteuils de l'espace salon.

— Oui, s'il vous plaît. Auriez-vous du champagne ?

— Bien sûr.

Il appuya sur un bouton et un steward apparut. Ses ordres lui furent donnés en russe et il disparut derrière un rideau pour se rendre en cuisine.

— Donc, c'est en Suisse que vous passez vos vacances ?

— Disons que je m'y rends quand j'ai besoin de tranquillité.

— Dans ce cas, il est plutôt ironique que vous m'y emmeniez, fit-elle avec un gloussement amusé.

Pourquoi riait-elle, Eva n'en savait trop rien. La situation n'avait rien de drôle. Dorénavant, certaines personnes la verraient comme une princesse sans honneur, qui se donnait à deux hommes à la fois dans les salons privés d'un casino. Voilà ce que le monde retiendrait d'elle !

Le steward lui apporta une flûte et elle la prit avec reconnaissance, savourant la première gorgée.

— Tout va bien, princesse ? s'enquit poliment Mak.

— On ne peut mieux. Ma réputation est ruinée et je file en Suisse avec un homme que j'agace.

Un homme dont la seule vue lui coupait le souffle…

— N'est-ce pas fabuleux ? reprit-elle d'un ton sarcastique.

— Vous saviez les risques que vous faisiez courir à votre réputation, Eva, vous avez tout fait pour l'abîmer.

— Je sais, avoua-t-elle d'un ton irrité. Je ne le sais que trop ! Et cela se retourne contre moi. Pour le restant de mes jours, je vais traîner cette désastreuse réputation.

— Ne vous attachez pas à l'opinion des gens.

— C'est facile à dire, pour vous ! Qui s'intéresse à vos faits et gestes ? La presse sait à peine que vous existez. Je ne suis pas sûre de trouver votre nom sur internet si je le recherche !

— L'anonymat est un atout dans mon métier. Je dois me fondre dans la foule.

Elle l'étudia un moment, admira son nez droit, l'angle de sa mâchoire. Mak était un homme qui ne rendait de comptes à personne.

— Vous devez vous sentir tellement libre, reprit-elle enfin. Tellement à l'abri des scandales…

Il rit et se cala plus confortablement dans son siège.

— Si on veut.

— Ma propre réaction à toute cette affaire me préoccupe, avoua-t-elle. Si quelque chose doit décourager Bastian et les autres candidats potentiels, c'est bien ce ramassis de ragots sur mon compte. Et pourtant, cela me dérange.

— Personne n'aime se voir sali.

— Je suppose que vous avez raison. Pourtant, je devrais être heureuse de parvenir à mes fins.

Il posa sur elle son regard acéré. Gris comme de l'acier.

— Vous êtes trop tendre, Eva. Vous ne vous protégez pas assez.

Elle baissa les yeux sur sa flûte de champagne et regarda les bulles monter à la surface.

— Vous me l'avez déjà dit : je ressens trop intensément.

— Mais vous n'avez pas encore corrigé ce défaut.

— En quoi cela vous regarde-t-il, que je souffre d'une trop grande sensibilité ? Vous devriez vous en moquer.

— Ce n'est pas le cas.

— Pourquoi ?

— Parce que vous me rappelez quelqu'un… Ma femme, reprit-il après une pause.

— Je croyais que vous n'étiez plus marié, lança-t-elle, l'estomac soudain noué.

Eva ne tenait nullement à fantasmer sur un homme marié, même si son attirance ne s'était pas concrétisée jusqu'à présent : on ne pouvait quand même pas qualifier leur danse de concrétisation…

— Je ne le suis plus, c'est vrai, répondit Mak. Ma femme est morte.

Il avait prononcé ces mots d'un ton parfaitement neutre, comme s'il avait parlé du temps, et sa voix résonna dans le silence de la cabine. Eva fut envahie de tristesse pour lui.

— Je suis… je suis désolée, murmura-t-elle, contrite.

Elle se sentait stupide d'avoir geint devant lui au sujet de son futur mariage, de s'être plainte de sa vie, de lui avoir fait la leçon sur l'amour comme si elle était la seule experte en la matière… Alors qu'elle se trouvait devant un homme qui avait aimé et perdu l'objet de son amour.

Elle, par contraste, n'avait jamais éprouvé de réel sentiment pour quiconque en dehors de sa famille…

Pourtant, elle connaissait aussi la douleur de la perte. Celle de sa mère, au moment où elle avait le plus besoin d'elle.

— Elle était malade, poursuivit Mak. Il était temps que la mort survienne. Rien de plus n'aurait pu être tenté.

Sa voix était plate, dénuée d'émotion. Mais Eva percevait celle-ci, la sentait sourdre du plus profond de lui-même. Comment était-ce possible ? Mystère…

— Je… J'ai perdu ma mère, enchaîna-t-elle. Il y a déjà longtemps… Mais elle me manque toujours.

— Je suis désolé pour vous, fit-il d'une voix changée.

— Et moi pour votre femme. Sincèrement.

— Merci, fit-il de la voix atone qu'il avait abandonnée précédemment pour lui offrir ses condoléances.

— Quand arrivons-nous ? fit Eva pour changer de sujet.

Une fois encore, sans savoir comment, elle devinait que Mak n'en dirait pas plus. Comment l'en blâmer ? Entrer dans les détails devait lui être bien douloureux. Mais elle aurait voulu qu'il se confie. Pour l'aider, même si elle savait ce désir impossible à réaliser.

— D'ici une heure, si le temps reste clair.

— Je n'aime pas beaucoup l'avion, confia Eva avec une grimace, surtout les atterrissages brusques.

— Ne vous inquiétez pas. Le chalet est assez haut mais si le temps est mauvais, nous pourrons atterrir à l'aéroport le plus proche et prendre un hélicoptère plus tard.

— J'aime encore moins l'idée de l'hélicoptère ! C'est idiot, je me sens un peu stupide.

— A mon avis, et pour autant que celui-ci compte, vous ne l'êtes pas. Stupide. Je comprends votre appréhension. J'ai la même en ce qui concerne la voiture.

— Pourtant, s'étonna Eva, cela ne semble pas vous déranger de me conduire aux quatre coins de Thysius.

— Il faut bien prendre le volant dans la vie de tous les jours, donc, je le fais et j'essaie de penser à autre chose. Mais du coup, je comprends ce que vous ressentez.

Le rameau d'olivier qu'il lui tendait mit des larmes aux yeux d'Eva. Il s'intéressait à elle… Ou, en tout cas, il cherchait à le lui faire croire, même si c'était faux, même s'il faisait cela pour qu'elle se calme et aborde l'atterrissage plus confortablement. C'était toujours plus d'attention que ne lui en accordaient la plupart des gens.

Stavros, par exemple, était un frère merveilleux mais distant. Les profits de la société qu'il dirigeait représentaient une bonne part du budget de Kyonos. Il travaillait donc dur, et, dans le peu de temps qui lui restait, aimait à s'amuser. Cela laissait peu de place aux relations familiales… D'ailleurs, elle était sa cadette de treize ans et ne l'avait jamais considéré comme un complice de jeux, même si Stavros faisait son possible pour être à l'écoute.

— Merci, fit-elle d'une petite voix. Merci de faire en sorte que je me sente mieux.

— Vous devriez attribuer cela à l'effet du champagne…

Elle se mit à rire.

— Non, c'est vous qui me rassurez !

— Eh bien, ne vous y accoutumez pas trop, rétorqua Mak d'une voix changée, le visage dur. Je suis incapable de rester charmant sur une trop longue période.

— Je ne vous crois pas, protesta Eva.

— Et vous avez tort. Je ne suis pas quelqu'un de gentil. Plus vite vous le comprendrez, mieux ça ira pour vous.

La déclaration brutale l'ébranla mais elle tint tête.

— C'est ce que vous dites, Mak. Je ne vais pas vous croire simplement parce que vous m'affirmez que c'est vrai…

— Vous vous en porteriez mieux, pourtant.

— Et vous, vous vous porterez mieux si je vous contredis.

Mak leva les yeux au ciel et appuya sur un bouton.

— C'est moi qui ai besoin d'un verre, à présent. Je

crains que ces deux semaines ne nous paraissent très longues…

La descente et l'atterrissage se passèrent au mieux. Eva, par le hublot, voyait la neige immaculée se rapprocher, et l'avion se posa en douceur sur la piste soigneusement dégagée de sa couche floconneuse.

Le chalet se trouvait à flanc de montagne, niché dans une large anfractuosité peuplée de conifères. L'épaisse couche de neige qui recouvrait son toit apparut à Eva brillante comme le glaçage d'un gâteau de mariée.

N'était-ce pas une image pleine d'ironie, alors qu'elle faisait son possible pour ne pas se trouver devant un gâteau de mariage ? Non qu'elle ait refusé le mariage en lui-même : elle aurait été heureuse de partager sa vie avec un homme si elle avait eu droit à l'amour. Cette pensée lui rappela l'épouse de Mak et elle sentit son cœur se serrer.

— Vos bagages vous attendront dans la voiture, fit Mak en la dirigeant vers la sortie.

Lorsque la porte de l'avion s'ouvrit, une bourrasque de vent froid les enveloppa. Eva frissonna.

— Brrr… Nous n'atteignons jamais ces températures polaires à Kyonos, fit-elle en se drapant dans le manteau de laine que Mak lui tendait.

— Vous aviez déjà vu autant de neige ?

— Une fois ou deux, pour de brefs séjours au ski. Mais ça ne m'a pas tellement plu, je l'avoue.

— Pourquoi pas ?

Elle plissa le nez.

— La neige, c'est trop froid pour moi. Et quand ça fond, on est mouillé. Donc, gelé plus mouillé, je ne vois pas l'intérêt…

Mak enfila un pardessus, noir comme le reste.

— Personnellement, j'y suis habitué. Mais il faut dire qu'il neige beaucoup dans mon coin de Russie.

La passerelle avait fini de se positionner et ils descendirent. Evangelina fit une pause à mi-course pour contempler le paysage : cette couverture blanche qui s'étendait à l'infini était vraiment impressionnante. Et que dire du silence ! Aucun bruit à part, occasionnellement, le bruissement de la neige glissant des sapins.

— Vous aimiez jouer dans la neige, enfant ? demanda-t-elle.

— A l'occasion. Mais j'avais peu de temps pour les jeux, j'ai aidé mes parents dès mon plus jeune âge. La famille n'était pas bien riche.

— Cela devait être difficile.

— Dans mon esprit, travailler était préférable à rester les bras ballants. Au moins, cela dépendait de moi que d'avoir quelque chose à me mettre sous la dent le soir…

— Excusez-moi d'en avoir parlé, fit Eva, confuse. Je n'imaginais pas que c'était à ce point-là.

— Je vous l'ai dit, *Printzyessa*, il y a d'autres tracas sur terre que le choix d'un royal époux. En compensation, j'avais ma liberté. Cela ne m'a pas toujours aidé, d'ailleurs…

Il lui ouvrit une vaste limousine et elle se glissa à l'arrière. Mak la suivit, fermant la portière qui les isolait du froid. Mais du froid extérieur seulement… car celui qui régnait entre eux, et qui semblait pendant le vol s'être un peu dissipé, paraissait de nouveau rigidifier leurs rapports.

Mak s'adressa au chauffeur en allemand et ils s'engagèrent sur une route en lacets dégagée par les chasse-neige. Eva pria pour qu'il en soit de même jusqu'au bout…

— Ne vous inquiétez pas, intervint Mak comme s'il avait lu dans sa pensée. La voiture est équipée pour les grands froids et Hans conduit prudemment. Je l'ai choisi pour cela.

— C'est vrai, vous n'aimez pas rouler…

— Pas vraiment, répondit-il d'une voix un peu rauque.

— Y en a-t-il pour longtemps avant d'attendre le chalet ?

— Non, ce sera court. Mais nous approcherons au plus près car vos bottes, pour élégantes qu'elles soient, ne me paraissent pas de taille à affronter la neige.

Eva abaissa le regard sur ses bottes de cuir, qui montaient jusqu'au genou. Elle les avait achetées récemment mais pas dans l'optique d'un voyage dans le Grand Nord… Comme elle tendait la jambe en observant d'un air dubitatif les hauts talons et la minceur de la semelle, sa fine cheville se dessina sous le cuir, détail qui n'échappa pas à son voisin.

— Mieux vaudra éviter de sortir, reprit-il en s'obligeant à détourner les yeux, ou vous risquez de vous mouiller les pieds.

Alors que la voiture négociait un virage particulièrement dangereux, Eva s'accrocha à la poignée intérieure. Mak n'avait pas bougé. Le seul indice du stress qu'il ressentait était une légère crispation de la mâchoire. Eva aurait voulu poser la main sur la sienne pour le tranquilliser mais cela lui était interdit. Elle-même se l'interdisait : lorsqu'elle le touchait, elle sentait une étincelle crépiter entre eux et si elle n'y prenait garde, cela s'embraserait vite…

Alors elle serra les dents et se concentra sur le fabuleux paysage. Le ciel pâle rendait la neige encore plus scintillante. Les sapins s'accrochaient au vertigineux précipice qui bordait la route. Lorsque Eva se hasarda à le regarder, elle ferma les yeux, impressionnée par le vide.

Quelques minutes plus tard, le véhicule s'arrêtait devant une lourde grille de fer. Mak, prenant son téléphone, y ouvrit une application et entra un code en pianotant sur l'écran. Les battants s'écartèrent devant la voiture.

— Le code n'est connu que de l'intendant et moi, précisa-t-il, et régulièrement modifié. Par sécurité.

Eva hocha la tête. Mak ne tenait pas à ouvrir tout grand les portes de son refuge privé… ce qui rendait plus curieux encore le fait qu'il l'y ait emmenée.

Au détour de l'allée, le vaste chalet apparut. Il était adossé à la paroi rocheuse et ses grandes baies triangulaires dupliquaient la ligne pentue de son toit. De là-haut, la vue devait être époustouflante…

Le véhicule s'immobilisa devant la porte et Mak sortit. Il échangea quelques mots avec Hans, et tendit à celui-ci une liasse de billets avant d'ouvrir la portière à Eva. Il lui tint le bras, le temps qu'elle franchisse le perron enneigé et, poussant le battant de bois, il la fit pénétrer dans une vaste pièce au plafond haut, entièrement lambrissée. La lumière entrait à flots par les baies vitrées et au centre dominait une vaste cheminée circulaire. Un feu y crépitait, irradiant une atmosphère chaleureuse aux tons d'orange et de miel.

— Je comprends pourquoi vous aimez cet endroit, fit Eva, laissant glisser sa main sur la rampe de bois qui menait à l'étage. Il a quelque chose de spécial.

Le chalet révélait sur Mak bien autre chose que sa richesse. Il parlait de son besoin de solitude, de sa recherche d'une existence simple, retirée, à l'écart des bruits du monde.

— Il est vrai qu'on est tranquille, ici, répondit-il.

— Et vous aimez la tranquillité.

— Oui. Contrairement à vous.

— A la lumière de ce qui vient de m'arriver, je me demande si je ne ferais pas mieux de l'apprécier plus.

— Vous avez agi en toute connaissance de cause, Eva. Alors, assumez ou changez radicalement d'attitude.

Les mots de Mak lui firent l'effet d'une gifle… parce qu'ils disaient la vérité. Et cette vérité blessait.

Elle fixa son regard sur les flammes rougeoyantes du foyer.

— Les choses m'ont échappé. Je n'avais pas l'intention de… Je ne voulais pas aller si loin.

Que voulait-elle exactement ? Forcer son père à lui demander son avis ? Mais cela, c'était irréalisable.

— Les gens causent souvent les pires catastrophes sans avoir voulu faire de mal. L'enfer est pavé de bonnes intentions, figurez-vous.

Le ton de Mak était dur mais lorsqu'il lui désigna l'escalier, son visage avait repris le masque de l'impassibilité, toute émotion évacuée.

— Votre chambre est en haut.

Eva ravala la verte réplique qui lui montait aux lèvres, tentative désespérée de le provoquer, de faire revenir quelques couleurs humaines à la façade de granit qu'il lui opposait. Elle s'était sentie connectée à lui l'espace de quelques instants, et même si c'était douloureux, elle avait eu l'impression d'être vivante.

N'était-ce pas poursuivre des chimères que de vouloir établir des liens avec son geôlier ? Mak était ici pour la protéger et la surveiller, sur ordre de son père. Un père qui voulait décider de sa vie, contre son gré…

Pourtant, son gardien avait cessé de lui apparaître comme un ennemi. Parfois même, elle le considérait comme un allié. Mais en cet instant, il ressemblait plus à un étranger qu'à l'homme avec lequel elle avait dansé l'autre soir…

Le souvenir distilla sa chaleur à travers le corps d'Eva. Jamais elle n'avait ressenti quelque chose d'aussi fort. Elle avait dansé avec d'autres, bien sûr, mais jamais éprouvé cette sensation de brûlure ; jamais entre les bras d'un homme elle n'avait tremblé d'un désir qu'elle se permettait seulement dans le secret de sa chambre, au cœur de la nuit, quand elle imaginait sur elle les mains d'un amant d'autant plus parfait qu'il s'agissait d'un pur fantasme. Mak, lui, était bien réel. Et le désir qu'elle éprouvait pour lui aussi.

Il la précéda dans l'escalier et elle suivit, essayant sans succès de ne pas admirer ses jambes musclées et la fermeté de ses fesses. Si seulement elle était de moitié aussi audacieuse que les journaux le prétendaient, elle n'aurait pas rougi de contempler le corps de Mak, ou de rêver au contact de ses mains sur elle. Elle aurait pris ce dont elle avait envie, sans ciller. A cette simple pensée, elle s'empourpra.

Mak s'avança jusqu'au bout du couloir.

— Voici votre chambre, fit-il en désignant une porte.

Il ne fit pas mine de lui ouvrir, et elle se demanda pourquoi. D'habitude, il agissait toujours de façon courtoise, voire chevaleresque. Après tout, n'était-elle pas de sang royal ?

Mais à présent, le pouvoir avait changé de main. Eva l'avait compris dès qu'elle avait quitté Kyonos. Elle saisit la poignée de la porte et ce mouvement la rapprocha de Mak. Le souffle d'Eva se noua dans sa gorge. Elle avait peine à respirer et, lorsqu'elle s'y autorisa, le parfum de Mak satura ses sens, odeur si masculine, si typique de lui…

— Eh bien, j'entre, alors, fit-elle en poussant la porte. Pouvez-vous faire monter mes bagages ?

Il se contenta de hocher la tête en la dévisageant d'une façon à la fois si intense et si impersonnelle qu'elle en frémit. Elle détestait ce regard. Détestait l'impression d'être un livre ouvert pour Mak alors qu'elle avait tant de mal à percer son mystère. Mais jusqu'où la devinait-il ? Savait-il pourquoi elle avait du mal à respirer quand il était proche ? Pourquoi elle rougissait comme une adolescente devant lui ?

— Vos bagages seront là dans une minute, répondit Mak. Mon intendant va s'en occuper.

— Merci. Je… je crois que je vais me reposer un peu. Je me sens… fatiguée. Le trajet, sans doute.

— Certainement.

Elle parlait pour meubler le silence et cela la fit rougir plus fortement encore. Elle s'aperçut qu'elle mourait d'envie de poser la main sur le visage fermé de Mak, de caresser la légère cicatrice de sa joue et l'ombre de sa barbe naissante. Mais les reflets d'acier de son regard étaient si durs qu'elle recula jusqu'au lit.

— A tout à l'heure, fit-il d'une voix neutre en se retirant.

Eva resta un moment debout, comme paralysée. Elle eut un mal fou à retrouver une respiration normale.

C'était stupide d'apporter lui-même ses bagages à Eva. Stupide de solliciter la tentation comme il le faisait, de rechercher ce frisson d'interdit, de céder à cet appel de sirène aussi séduisant que dangereux. Que ferait-il lorsque le fruit défendu serait à sa portée, qu'il pourrait en respirer l'odeur suave et que le désir lui mettrait l'eau à la bouche ? Il savait qu'il ne devait pas y toucher, il n'en avait pas l'intention, d'ailleurs. Alors, pourquoi flirter avec le danger ? Jamais avant de connaître Eva il n'avait connu pareille pulsion masochiste. Et voilà qu'il multipliait les occasions d'être frustré ! L'électricité qui courait dans ses veines, l'incendie qui se propageait à son bas-ventre quand il était près d'elle, il les recherchait… Il se sentait vivant, enfin. De nouveau, il se sentait homme à part entière.

Il posa l'une des valises de cuir crème devant la porte et frappa. Tout était silencieux dans la chambre…

Soudain lui vint à l'esprit l'image d'Eva, descendant en rappel les murs du palais sur sa corde de draps… Il la vit peinant dans la neige épaisse, chaussée de ses ridicules bottes de ville…

Mak se précipita dans la chambre et stoppa net en apercevant Eva. Elle était allongée sur le lit, un bras sur les yeux, et ses boucles brunes, épandues autour de son visage, lui faisaient une somptueuse auréole. Elle avait toujours ses bottes aux pieds… Il n'y avait rien de suggestif dans sa pose et, pourtant, la voir ainsi lui coupa le souffle. Son cœur se mit à battre plus vite, pompant dans ses veines le sang que réclamait l'excitation de son bas-ventre.

Elle dormait, paisible, mais ces longues bottes ne pouvaient que la gêner. Mak s'approcha et, sans réfléchir, posa la main sur son mollet gainé de cuir. Sa bouche s'assécha. Sous sa main, le cuir était tiède, et sous le cuir était la peau d'Eva… Il remonta lentement le long de sa jambe, s'arrêtant là où finissait la botte.

Et retira sa main. Il n'avait aucun droit de la toucher.

Descendre la fermeture Eclair et ôter ces bottes, c'était déjà trop. Beaucoup trop pour ce qu'il était prêt à supporter.

Il serra les poings, tenta d'oublier la brûlure de sa poitrine. Mais celle-ci était là pour lui rappeler de respirer… L'acte même comportait des risques. Celui de percevoir l'odeur d'Eva, qui élèverait d'un cran le niveau déjà insupportable de la tentation.

Eva soupira soudain et se cambra, ses seins pointant sous le sweater, ronds, fermes, bien dessinés. Mak serra les dents, luttant contre l'irrépressible envie qui le submergeait.

— Mak ?

Eva se redressait, ses boucles répandues sur les épaules.

Sa voix encore ensommeillée et son nom sur ses lèvres firent frémir Mak, lui tordant les entrailles.

— Je vous ai apporté vos bagages. Ça va mieux ?

Elle s'étira, féline, sexy.

— Un peu…

Elle quitta sa couche et se dirigea vers la fenêtre d'une démarche chaloupée.

Troublé comme il l'était, Mak trouva sage de ne pas s'attarder sur la vision que lui offrait le derrière d'Eva.

— C'est vraiment superbe, ici, reprenait-elle. Peut-être est-ce de cela que j'ai besoin. De ce calme.

Mak, à l'inverse, commençait à évaluer l'étendue de son erreur. Qu'est-ce qui lui avait pris d'amener Eva ici ? Il aurait mille fois mieux fait de la conduire dans un lieu animé, elle aurait pu s'y perdre dans la foule et cette même foule leur aurait évité ce dangereux tête-à-tête. Ici, ils étaient seuls et Mak avait toute liberté d'agir comme bon lui semblait. Mais cette liberté physique ne signifiait rien, tant qu'il était lié par le devoir et par l'honneur… Il avait juré de la protéger, comme son père voulait qu'elle le soit.

— Avez-vous faim ?

— Ma foi oui, après ce voyage…

— Je peux demander à la gouvernante de préparer à dîner.

Eva fronça les sourcils, presque surprise.

— C'est tellement silencieux, ici, qu'il est facile d'oublier que nous ne sommes pas seuls. On se croirait les derniers survivants sur cette planète…

— Evidemment, c'est moins peuplé que Kyonos. Et mon personnel ne reste pas à demeure. Jan, l'intendant, et Liesel, sa femme, rentrent au village chaque soir.

— Donc, vous êtes seul toute la soirée et la nuit…

Le front d'Eva se plissa et elle reprit :

— Je ne crois pas avoir été seule une seule seconde de mon existence. Il y a tant de monde au palais…

— Ce petit séjour va constituer une expérience, alors, répondit Mak en se détournant, prêt à la laisser.

Les mots qu'il entendit l'arrêtèrent.

— Je ne serai pas seule puisque je serai avec vous.

Il ne voulait pas affronter cette réalité. Bien sûr, il avait toujours su qu'ils partageraient une évidente intimité mais l'entendre de la bouche d'Eva rendait le fait plus incontournable encore. L'image qui se formait dans son esprit fut difficile à chasser. Bien sûr, il allait se reprendre, il le faudrait bien.

— Exact, lâcha-t-il.

— Juste vous et moi, cela semble…

Elle n'acheva pas, le regard perdu en direction des montagnes. Etait-elle consciemment tentatrice ? Non, Mak était prêt à parier sur son innocence. Si elle avait été calculatrice, elle n'aurait pas livré autant d'elle-même, aussi ingénument. Car il devinait ce qui passait par la tête d'Eva. Il savait exactement ce qu'elle ressentait à l'idée de vivre ces prochains jours seule avec lui. Et c'était d'autant plus facile qu'il partageait la même appréhension…

Il s'était entraîné à évacuer la sexualité de sa vie. Peu d'hommes, y compris ceux ayant fait vœu de chasteté, en connaissaient aussi long que lui sur le sujet. Pourtant, depuis qu'il connaissait Eva, ce qui n'avait été qu'un désagrément jusque-là était devenu une torture.

Il s'était habitué. A résister. A s'épuiser dans les salles de gym, à courir jusqu'à l'effondrement, après quoi il tombait comme une masse, endormi sur le lit qu'il avait longtemps partagé avec Marina. Et quand le désir devenait si criant qu'il était impossible à ignorer, il savait régler le problème seul, avec dextérité. Bien sûr, ce n'était pas une vie mais cela restait supportable. Jusqu'à l'arrivée d'Eva.

— Je vous promets, *Printzyessa*, qu'il ne vous arrivera

rien de mon fait. J'ai juré à votre père de veiller sur vous et je vous renouvelle cet engagement. Il sera tenu.

A présent que les mots étaient prononcés, cela les rendait plus tangibles. Il était lié, il ne se dédierait pas.

Eva le regarda longuement, ses beaux yeux sombres emplis d'émotion, fenêtres ouvertes sur son âme, laissant entrevoir sa fraîcheur, sa jeunesse, et un cœur encore vierge de blessure. Comme il serait facile à Mak de lui faire mal, d'abîmer cette douceur, d'égratigner ce visage lisse…

Lui était cousu de cicatrices, et ce qu'il avait vécu, elle pouvait à peine l'imaginer. Il serra les poings. Salir tant d'innocence serait cruel.

— Je n'avais pas peur de vous, fit-elle doucement en réponse à sa promesse.

— Alors vous êtes bien naïve, rétorqua-t-il d'un ton rogue qui le surprit lui-même. Je ne suis qu'un homme, après tout.

Comment avait-il pu parler ainsi, trahir ce qu'il ressentait au plus profond ?

Elle fit un pas vers lui et il recula.

— Je le sais, fit-elle en avançant encore et, cette fois, Mak ne bougea pas, la défiant d'aller jusqu'au bout, certain qu'elle n'oserait pas.

Pourtant elle s'approcha à le toucher et posa la main sur sa poitrine.

— C'est bien ce que je pensais. Vous n'êtes pas une machine, Mak. Je sens même battre votre cœur…

Mak recouvrit sa petite main de la sienne et la garda serrée contre lui. Il avait tellement besoin de ce toucher, de *son* toucher ! Son cœur s'affola à cette pensée et il laissa retomber sa main. Il venait de franchir la ligne rouge et s'en apercevait un peu tard…

— Je sais que vous ne feriez rien qui puisse me nuire,

reprenait Eva, appuyant un peu plus sa paume, le testant inconsciemment par cette douce torture.

— Vous manquez gravement d'imagination.

Mak sentait lui échapper le contrôle d'airain qu'il maintenait toujours sur lui-même. Il perdait pied. Et par la même occasion, le sens de l'honneur, de la réalité, de tout ce qui n'était pas le désir ardent qu'il éprouvait pour Eva.

— Vous vous vexez parce que je vous ai cru homme de parole ? demanda Eva, s'écartant de lui pour croiser les bras sous sa poitrine, ce que Mak ne manqua pas de remarquer.

Ce fut à lui de s'approcher, comme aimanté, et il la prit par la taille.

— Je ne suis pas un eunuque, Eva.

Les lèvres de Mak étaient à quelques centimètres des siennes, qui s'écartèrent sur son souffle parfumé. Elle était si proche qu'il frissonna, torturé du désir de goûter sa bouche, toute discipline balayée par l'intense tentation.

— Je n'ai jamais supposé que vous l'étiez, Mak.

— Alors, n'allez pas vous imaginer que je suis au-dessus des désirs d'un homme normal. Un tigre peut bien se trouver en cage, ce n'est pas cela qui lui ôte l'envie de vous dévorer.

Elle inclina la tête sur le côté, les yeux pétillants, les lèvres entrouvertes. Un défi, qu'elle lançait exprès.

— Je suis plutôt contente de vous entendre parler ainsi.

Il se recula par un effort terrible de volonté.

— En ce moment, je suis en cage.

— Ce qui vaut sûrement mieux pour nous deux, répliqua Eva avec l'ironie légère qu'elle maniait si bien.

— Sans aucun doute. On va dîner ? fit-il en gagnant la porte, ignorant le désir violent qui grondait dans ses veines.

— J'ai cru que votre invitation n'arriverait jamais. A présent, je meurs de faim !

Eva plongea sa cuillère dans la soupe épaisse, se concentrant sur le breuvage fumant, faisant tout pour échapper au regard de Mak, assis de l'autre côté de la table. Leur échange l'avait laissée pantelante, brûlante de désir.

Mais elle s'était trop dévoilée, et avait poussé Mak trop loin. Il n'avait pas manqué de lui rappeler qu'il n'était qu'un homme… Sur ce point, il s'était montré extrêmement clair. Mais il était sans doute plus facile à un homme d'admettre ses propres désirs. Si elle se fiait à Stavros, qui changeait de maîtresse comme de chemise, c'était même très facile à avouer et encore plus simple à régler. De l'aveu à la consommation, il se passait généralement moins d'une heure… Cela restait discret, car son frère avait le sens du devoir chevillé au corps, et rien de ce qu'il ferait ne compromettrait jamais la royauté.

Eva trouvait un peu bizarre de penser à son frère en termes de sexualité mais c'était le seul homme jeune qu'elle connaissait vraiment en dehors de Mak. Et il n'y avait aucune raison pour que tous ne soient pas les mêmes sur ce plan-là. Bien sûr, Mak avait été marié mais il était célibataire, sûrement depuis longtemps. Ce qui signifiait qu'il avait retrouvé la liberté de satisfaire ses désirs avec la même insouciance que Stavros.

Mais pour l'instant, il avait recouvré son calme, évacué toute émotion. Elle avait réussi à ébranler son contrôle quelques secondes mais cela s'arrêtait là. Cet homme était fait de granit. Tout d'une pièce. Imperturbable.

— Le repas est-il à votre convenance ?

Quel formalisme dans cette question ! Eva en fut désarçonnée. Ne ressentait-il donc plus rien à son égard ?

Elle qui était encore tout émue de ce qui s'était passé ! Lui pas, visiblement… C'était une pensée très déplaisante.

— Oh ! C'est parfait. Digne d'un tigre en cage.

Il émit un rire bref, qui n'atteignit pas ses yeux. Mais la sonorité sexy troubla Eva et elle enchaîna :

— Que fait-on ici pour se distraire ? Des boules de neige ?

— Si on veut. Mais il y a une station de ski à proximité, et un joli village. Personnellement, quand je viens ici, c'est plutôt pour étancher ma soif de solitude alors je sors peu.

— Vous parvenez à couper avec les exigences du travail ?

— Pas toujours. C'est souvent trop important pour que je reste injoignable mais, au moins, je ne suis pas sur le terrain. D'ailleurs, j'y suis de moins en moins. Le travail d'organisation est trop prenant. Mon affaire a pris beaucoup d'ampleur. Il faut tenir les rênes.

— Le tableau que vous brossez est… impressionnant.

— C'est à cela que je dois ma fortune. Quitte à travailler dur, je préfère gagner plus que le repas du lendemain.

La gorge d'Eva se serra à ses mots. Il était facile de voir en Mak un homme hyper puissant et d'oublier les luttes qu'il avait dû mener pour en arriver là. Il avait traversé des épreuves plus dures que ce qu'elle avait jamais connu.

— Votre père ne travaillait pas ? s'enquit-elle timidement.

— Si. Mais cela rapportait si peu que j'aidais. Il y avait bien des bouches à nourrir, nous étions cinq. Et après, j'ai dû continuer pour d'autres raisons… C'est une longue histoire, fit-il pour clore le sujet.

— Je ne suis pas pressée…

— Vous essayez encore de créer des liens entre nous, observa Mak, sourcils froncés.

— Et alors ? répliqua Eva en haussant les épaules. Cela ne vous tuera pas de partager cette histoire avec moi.

— Très bien. Je me suis marié jeune. J'ai quitté la maison.

— Et… ?

— Et puis rien ! s'emporta Mak. Que voulez-vous que je vous dise ? Les parents de Marina n'approuvaient pas notre union, ce qui signifiait que nous devions partir avant que son père ne me fasse enfermer au fond d'une geôle pour kidnapping… J'avais réussi à trouver un travail à l'étranger alors nous avons filé. Marina rêvait de vivre à Paris, nous avons mis le cap sur la France.

Il poussa un lourd soupir.

— Et après ? l'encouragea Eva.

— Après, on va au lit. Vous semblez le genre de fille qui aime les dénouements heureux, et cette fois, ce n'est pas le cas. Avez-vous fini ? fit-il se levant pour prendre son bol de soupe vide.

— Hum… Oui.

Bien sûr que l'histoire finissait mal puisque sa femme était morte. Mais Eva aurait voulu en savoir plus. Comprendre ce qui avait fait de Mak l'homme qu'il était. Avait-il connu le bonheur, même brièvement ? Elle souhaitait, de tout son cœur, qu'il ait vécu des années heureuses avec une femme aimante. Mais comme il restait muet sur le passé, elle n'en saurait sans doute pas plus.

Elle tenta de se l'imaginer heureux, affichant un sourire qui illuminerait jusqu'à ses yeux.

Cela lui fut impossible.

7.

Eva entra dans l'eau et laissa la chaleur dénouer ses muscles. Le bassin ovale du Jacuzzi, tout en pierre, avait été construit sur la terrasse de bois, et l'on y jouissait d'un magnifique panorama sur les sommets enneigés.

La vapeur monta autour d'elle et se changea en brouillard dense sous l'effet du froid et de la nuit claire. Ç'aurait pu être très relaxant sans la proximité de Mak… Par sa faute, elle se mettait à ressentir, et même à désirer, des choses interdites…

L'amour, elle en avait toujours rêvé. Et pour elle, le sexe en était le complément. Pourtant, confrontée à Mak, Eva semblait oublier ses propres règles, prise d'une frénésie inconnue d'elle jusqu'à présent, mille fois plus excitante que le substitut qu'elle tentait de créer aux tables de jeu…

Contrairement à ce qui se passait dans les casinos, elle ne contrôlait plus rien. Parfois, elle s'était laissé déborder par ses propres écarts mais, le plus souvent, elle établissait un plan et s'y tenait. Avec Mak, rien ne tenait plus…

Elle éleva sa main dans l'air glacé et regarda la vapeur se former tout autour. Le froid s'insinua en elle, piquant…

— Ça vous plaît ?

Mak se tenait dans l'embrasure de la baie, plus viril et séduisant qu'il n'était permis à aucun homme de l'être.

— Moins, maintenant, murmura-t-elle pour elle-même, poursuivant le fil de ses pensées.

— Pardon ?

— J'adore, reprit-elle de façon intelligible. Quelle belle nuit ! Mais l'air est glacé…

— L'idée, c'est de foncer dans la chambre dès que vous sortez de l'eau. Encore faut-il, ajouta Mak en agitant quelque chose derrière son dos, ne pas oublier l'accessoire principal.

Il lui tendit un drap de bain. Eva le remercia, embarrassée. Comment avait-elle pu commettre pareille étourderie ? Parce qu'elle était distraite, et d'ailleurs, Mak avait bien compris le rôle qu'il jouait dans cette distraction…

— Je suis censé vous protéger, répondit-il à ses remerciements. Si vous gelez sur mon balcon, cela contrevient au contrat.

Geler ? C'était bien inoffensif en comparaison des autres dangers qui la guettaient !

— Avez-vous des nouvelles de mon père ? demanda-t-elle, ramenée à ses préoccupations par les paroles de Mak.

Eva craignait presque sa réponse. Jamais elle n'avait connu son père aussi courroucé, jamais elle ne lui avait vu ce regard fuyant… Croyait-il aux ragots que l'on colportait sur elle ? Après tout, il ne la connaissait pas. Pas vraiment. Sinon, il l'aurait sue incapable d'une telle conduite même si elle avait défrayé la chronique par ses soirées tumultueuses.

— Oui, je l'ai appelé pour dire que nous étions bien arrivés mais votre père préfère toujours ne pas savoir où…

Elle hésita un peu avant de demander :

— A-t-il dit quoi que ce soit au sujet de Bastian ?

— Votre futur mariage vous préoccupe ?

— J'aimerais savoir s'il est toujours à l'ordre du jour.

— Votre père n'a rien dit sur la question.

Eva exhala un soupir las.

— Il croit sans doute que cela ne m'intéresse pas. Après tout, il ne s'agit que de ma vie. Je suis bien sotte de vouloir m'en soucier alors qu'il décide de tout si bien pour moi…

— Vous recommencez vos lamentations d'enfant gâtée.

Eva lui jeta un coup d'œil irrité.

— Je devrais me contenter de ma fortune et être heureuse, c'est ça ?

— L'argent ne fait sans doute pas le bonheur, Eva, mais il permet de se procurer pas mal de choses qui rendent la vie plus douce. Ce n'est pas si mal. Pensez à ceux qui n'ont rien.

— Alors, sous prétexte qu'il y a de la misère sur terre, je ne suis pas autorisée à avoir le moindre problème ?

— Je n'ai pas dit cela.

— C'est ce que vous sous-entendez, lâcha Eva d'un ton blessé. Vous voudrez bien m'excuser si le rôle de potiche — même utile à mon pays — me paraît un peu frustrant. J'ai l'impression d'être le gros lot du meilleur enchérisseur !

— Eva…

— Vous trouvez futile de ma part d'avoir des sentiments propres, de vouloir que quelqu'un prenne en compte mes désirs ? Bon sang, Mak, vous êtes bien comme les autres !

Elle se leva, le cœur battant la chamade, les yeux pleins de larmes. La vapeur l'entoura alors que Mak s'approchait, la serviette étendue pour l'accueillir. Il drapa l'éponge autour d'elle et l'aida à sortir du bain, la gardant serrée contre lui.

— Si je vous traite d'enfant, c'est à cause de la puérilité de votre défense. Ce n'est pas en jouant les trublions que vous réglerez le problème. Oubliez un instant vos sentiments personnels. Ne pouvez-vous envisager le bénéfice apporté à votre peuple si vous épousez Bastian ?

— Oh ! Si. Des facilités commerciales. Des profits militaires.

— Et vous estimez vos sentiments plus importants

que cela ? Dans ce cas, allez voir votre père pour lui dire la vérité. Je respecterai votre démarche.

— Admettons. J'y vais, je lui parle. Et après ? Il se passe quoi ? J'ai peur qu'il coupe les ponts avec moi, je l'avoue.

— Peur d'être seule, pour une fois ?

— Oui, excusez-moi. Je n'ai pas demandé à naître dans la peau d'une princesse mais je ne connais rien d'autre… J'ai froid aux pieds, fit-elle, soudain grelottante. Laissez-moi rentrer, Mak.

Il ne la relâcha pourtant pas, resserrant imperceptiblement son étreinte. Eva eut envie de céder à cette pression, à la tentation qu'elle offrait de se plaquer à ce corps musclé, de se fondre dans sa chaleur. Brusquement, Mak desserra les bras et elle faillit trébucher. Elle s'agrippa à son drap de bain pour le retenir de glisser et essaya de reprendre sa respiration, l'air glacé brûlant ses poumons. L'instant d'après, elle trouvait refuge dans le chalet. Elle courut presque jusqu'à sa chambre et atteignait sa porte lorsque la voix de Mak la fit sursauter.

— Croyez-moi, Eva, les sentiments sont très surestimés.

Elle fit volte-face. Le visage de Mak était dans l'ombre. La colère monta à la gorge d'Eva, annihilant sa prudence ou peut-être avivant son honnêteté.

— J'ai dû me tromper : c'est un robot que j'ai en face de moi, pas un homme. Ce doit être horrible de vivre ainsi, je ne le voudrais pour rien au monde. Vous êtes incapable de ressentir quoi que ce soit, sinon, vous comprendriez.

Il la rejoignit en deux enjambées, les traits durs, les poings serrés. Elle recula, se trouva acculée au mur du couloir. Mak plaça ses paumes de part et d'autre du visage d'Eva et celle-ci eut l'impression que l'air se raréfiait.

— Vous croyez que je ne ressens rien, que je suis dépourvu de désir ? Vous avez tort, Eva, terriblement tort.

Il abaissa la tête, prit ardemment ses lèvres. Elle voulut prendre une respiration et il en profita pour darder sa langue en elle. Eva ferma les yeux, choquée tout autant qu'excitée par l'intensité de ce qu'elle ressentait. Ce baiser était une expression de colère mais de passion aussi. Et elle voulait aller jusqu'au bout de cette passion… Elle en avait tant rêvé !

Elle enlaça Mak et son drap d'éponge tomba alors qu'elle se pressait contre lui. Sentant son excitation grandir, elle se cambra pour répondre à son désir. Pour une fois, elle n'était plus dans le domaine du fantasme, elle n'avait plus le brouillard protecteur du rêve autour d'elle, mais bien les mains de Mak, puissantes, exigeantes et chaudes sur sa peau nue. Rien de raffiné, rien de flou dans cette étreinte. Et c'était parfait ! Leurs respirations hachées, la violence des battements de leurs cœurs, les gémissements incontrôlés que le désir faisait monter dans leurs gorges, c'était si réel… si merveilleux !

Mak abandonna sa bouche et traça une ligne brûlante de baisers le long de son cou, descendant jusqu'au renflement de son sein qu'il dessina du bout de la langue. Eva plongea les doigts dans les cheveux de Mak, comme pour l'empêcher de se relever.

— Oui, Mak, oui…

Il s'écarta pourtant, et dans ses yeux elle lut une sauvagerie incontrôlée qui aurait dû l'effrayer. Au contraire, elle s'en réjouit.

Il la vrilla du regard avant de lâcher.

— Ça suffit, Eva.

— Mak…

Elle se sentait complètement désemparée à présent, perdue, ne sachant même pas comment plaider pour qu'il reprenne ses caresses. Tout se brouillait dans son cerveau.

— Ce n'est pas possible, trancha Mak d'un ton coupant. Et cela ne se reproduira plus.

Il se détourna, franchit en deux enjambées le couloir qui menait à l'escalier. Eva s'était appuyée au mur pour ne pas tomber. Elle tremblait. Combien de temps resta-t-elle là, choquée, torturée d'envie, triste et furieuse à la fois ? Elle n'aurait su le dire. Elle aurait voulu hurler. « Cela ne se reproduira plus », avait dit Mak… Mais elle voulait exactement le contraire ! S'il ne l'avait pas désirée, elle aurait pu se consoler : sa fierté l'empêchait de s'enticher d'un homme à qui elle aurait été indifférente. Mais elle avait la preuve du contraire. Peut-être, cependant, existait-il un trop grand fossé entre eux pour que Mak admette son propre désir… Que faire à présent ? Elle aurait pu le rejoindre. Si elle se pressait à lui et lui offrait ses lèvres, Eva était persuadée de vaincre sa résistance. Et ce serait si vertigineux de retrouver ses baisers qu'elle faillit céder à la tentation. Une seule chose la retint : quel prix Mak aurait-il à payer pour ce moment de plaisir ? Celui de son honneur… Elle ne pouvait lui demander pareil sacrifice. Alors, défaite, le cœur chaviré, elle rentra dans sa chambre au lieu de suivre Mak jusque dans la sienne.

L'embrasser avait été une terrible erreur. Mak jura dans toutes les langues qu'il connaissait. Car erreur ou pas, il avait eu enfin l'impression de vivre. Ce qui ne lui était pas arrivé depuis dix ans… Eva était celle que son corps voulait, désespérément. Mais elle était aussi la seule que son honneur lui interdisait. Et il ne lui restait pas grand-chose, hormis l'honneur. La vie s'était chargée de lui prendre tout le reste.

Pendant dix longues années, il était parvenu à se maîtriser. Alors il ne laisserait pas une petite princesse trop gâtée remettre en cause son code de l'honneur, même si elle avait un corps à damner un saint.

Il grinça des dents, tentant de combattre la vague de

désir qui l'assaillait, et se versa une rasade de whisky, qu'il but d'un trait. Se détestait-il tellement qu'il veuille mettre dans son lit la seule femme qui ne pouvait y entrer ? De quoi se punissait-il ? Il reposa son verre d'une main mal assurée. C'était la première fois qu'il sentait la force de ses résolutions ébranlée à ce point.

— Bonjour, fit-il en débarquant dans la cuisine après une nuit sans sommeil.

Eva se détourna de son bol de café pour lui jeter un regard courroucé.

— Je n'ai pas eu une seule bonne journée depuis que je vous connais, pourquoi est-ce que cela changerait aujourd'hui ?

— Vous savez flatter l'ego d'un homme.

— Trouvez quelqu'un d'autre pour cela, moi, j'ai trop mal au crâne.

En dépit de la situation, sa réaction arracha un sourire à Mak. Ce qu'elle ressentait transparaissait immédiatement sur son visage. Eva était nature, incapable de dissimulation. En cet instant, la colère transpirait de chaque pore de sa peau. Elle étincelait dans ses yeux sombres, trahie par la crispation de ses mains fines autour du bol…

— Ravie que vous trouviez cela amusant, lança-t-elle.

— Vous vous trompez, Eva, croyez-moi.

Qu'aurait-il pu trouver de drôle à sa frustration, qui venait en écho à la sienne ?

— Je vois bien que vous êtes bouleversée, reprit-il. Est-ce parce que je vous ai embrassée, ou parce que j'ai arrêté ?

Il n'aurait pas dû poser la seconde partie de la question… Mais cette irritante princesse lui était entrée dans la peau, et il ne savait comment s'y prendre pour l'en arracher.

— Je vous l'ai dit, je ne suis pas d'humeur flatteuse ce matin, rétorqua Eva.

Mak se crispa.

— La réponse me suffira.

Et ce n'était pas celle qui allait alléger son fardeau…

Eva s'éclaircit la gorge et tourna vers lui un visage à l'expression soigneusement composée.

— Que faisons-nous de beau ce matin ? Je vous préviens tout de suite que je refuse de jouer aux dames. A moins que la situation ne devienne désespérée.

Que lui fallait-il donc pour juger une situation désespérée, se demanda Mak, mi-figue, mi-raisin. Pour lui, coincé quinze jours dans la neige avec une femme qu'il désirait plus que tout et qu'il ne pouvait prendre, le mot « désespéré » résumait assez bien les circonstances.

— Il y a un téléphérique qui remonte à flanc de montagne sur plusieurs centaines de mètres. Nous pourrions aller déjeuner là-haut…

— A des centaines de mètres ? C'est l'aventure, non ?

— Trop pour vous, Eva ?

Il la provoquait, et il savait bien qu'elle mordrait à l'hameçon. Etait-il fou ? Il avait eu quelques idées stupides dans sa vie mais s'enfermer dans une cabine avec Eva pour toute la durée du trajet les surpassait de loin.

— Pas du tout. J'adorerais ça.

Voilà. Elle acceptait le défi. Et lui était un fieffé imbécile.

— Très bien. J'ai quelques affaires à régler avec mes agents au téléphone, je vous propose de partir dans deux heures.

Ce qui, espérait-il, lui laisserait le temps de calmer sa libido, à moins qu'il ne veuille voir ruinés les efforts de toute une vie…

*
* *

Eva fit un effort pour surmonter le haut-le-cœur qui l'assaillait chaque fois qu'elle regardait le vide au-dessous d'elle. Le téléphérique montait régulièrement mais l'à-pic, combiné au bruit des câbles et des poulies, rendait l'opération menaçante. Pourtant, la cabine était confortable, équipée pour accueillir un public de nantis, comme elle et Mak. Quoique… Si elle réfléchissait une seconde, elle ne possédait rien en propre. Cette idée acheva de la perturber.

Mak était assis en face d'elle sur la banquette recouverte de velours, et il semblait détendu au possible.

Eva s'en agaça : mais n'était-ce pas toujours pareil ? Elle était sensible, à vif, alors que lui faisait preuve d'un calme étonnant. Pourrait-elle le faire réagir si… ?

— Pour parler d'hier soir…, lança-t-elle.

La réaction qu'elle cherchait ne se fit pas attendre : le corps de Mak se tendit et une étincelle eut le temps d'enflammer son regard avant qu'il ne puisse se maîtriser. Une satisfaction fugace, mais Eva s'en contenta, heureuse de l'avoir au moins obligé à se reprendre. A défaut de mieux…

— Je ne tiens pas à en parler, Eva.

— Moi, si.

— Vous m'avez poussé trop loin, fit-il d'une voix rogue.

— Je vous attire. Vous aurez beau accuser qui vous voulez, si vous n'en aviez pas eu envie, rien ne serait arrivé.

— Rien n'est arrivé. Et rien de plus ne se produira.

Le choc de ces mots se réverbéra en elle.

— Donc, vous n'en aviez pas envie ?

— Je n'ai jamais dit cela. J'ai dit que ça ne se produirait plus.

— Ne vous lassez-vous pas de toujours fuir ce qui vous ferait plaisir ?

Elle détestait qu'on lui refuse ce dont elle avait envie.

Et Mak semblait s'interdire volontairement toute satisfaction. Pourquoi donc ?

— J'en ai plus qu'assez, Eva. Vous n'imaginez pas à quel point.

— Alors expliquez-moi.

— Je vous ai déjà dit que je ne me confiais pas au premier venu, rétorqua Mak.

— Je ne suis pas la première venue, susurra Eva.

Pourvu qu'elle ne se trompe pas ! Sans qu'elle sache vraiment pourquoi, il lui était capital de compter pour Mak.

— Justement. J'ai une relation de travail avec votre père, un contrat. Il serait stupide d'en outrepasser les limites.

Le regard de Mak se perdit vers les cimes enneigées. Eva fit de même, mais la vue somptueuse ne lui apporta aucun réconfort. Soudain, elle se sentit prise d'audace.

— Les bornes du contrat sont dépassées depuis longtemps, Mak. Notre relation a évolué.

— Pas en ce qui me concerne.

Il avait répondu sur un ton parfaitement détaché, mais Eva n'était pas dupe. Plus il affichait son calme, plus il avait à dissimuler. Elle en était certaine, à force de l'observer.

— Ma mère est morte quand j'étais jeune, fit-elle d'une voix égale. C'était elle qui se levait la nuit si je faisais un cauchemar, elle qui me serrait dans ses bras. Ce n'est jamais arrivé à mon père. Il n'a pas même pu montrer d'émotion quand sa femme est morte… Avec elle, j'ai perdu la seule personne qui me demandait mon avis. Nous parlions de l'avenir, de mes études, de l'homme que je rencontrerais un jour… Quand elle a disparu, c'était comme si elle emportait avec elle tous ces beaux projets. Personne ne m'a plus demandé ce que je voulais faire pour m'épanouir, ni du bonheur que je pourrais trouver auprès d'un homme. Parfois, ma mère me manque tellement qu'il me semble que mon cœur se dessèche. Qu'il est tout recroquevillé…

Elle regarda Mak droit dans les yeux avant de reprendre :

— Vous êtes la seule personne à m'avoir traitée en être humain depuis qu'elle est partie. Bien sûr, ça vous coûte et vous vous débrouillez pour me le faire savoir. Mais au moins, vous me demandez mon avis. Et vous êtes bien le seul. Donc, Mak, je suis désolée, mais pour moi, c'est plus qu'une affaire de contrat.

Mak ne répondit pas, le regard fixé sur un point qui allait bien plus loin que les montagnes. Le silence dans la petite cabine devint presque palpable.

— Je n'avais que dix-sept ans quand je me suis enfui avec Marina, pour l'épouser sans le consentement de sa famille. Je vous l'ai dit, j'ai pris quelques très mauvaises décisions dans ma vie. Nous n'étions pas mariés depuis plus de deux heures lorsqu'un chauffard a pris notre voiture par le travers. Marina a survécu à l'accident et, souvent, je me suis demandé si cela n'aurait pas été une grâce divine qu'elle meure à ce moment-là.

Mak s'était penché vers elle, les coudes reposant sur ses cuisses. Son visage était tendu mais sa voix resta neutre lorsqu'il reprit :

— Je m'en suis sorti avec quelques égratignures. Mais elle ne sentait plus ses jambes. Une fois à l'hôpital, ils lui ont dit qu'elle avait très peu de chances de remarcher un jour et elle s'est tournée vers moi, me libérant de toute obligation car, disait-elle, ce n'était pas juste pour moi d'avoir une femme qui ne pourrait pas me donner d'enfant, qui ne pourrait être… tout ce qu'une épouse doit être pour son mari. Alors, je lui ai promis de toujours rester avec elle, quoi qu'il arrive. Elle a été opérée mais, quelques jours après, elle a fait une embolie et son cerveau a été touché. Gravement. Elle ne pouvait plus parler. Parfois, elle était lucide. Quand elle avait mal, elle ne pouvait pas crier.

— Et cela a duré… ? demanda Eva, la gorge serrée.

— Dix ans.

— Mak…

— Gardez votre sympathie pour vous, Eva, ou pour des êtres comme Marina, qui ont tout perdu trop jeunes. Moi, je m'en suis bien tiré, finalement.

Eva tenta de bloquer les larmes qui embuaient ses yeux.

— Et vous l'avez aimée…

— Jusqu'à son dernier souffle, fit-il sans émotion apparente, ce qui en disait plus long qu'un cri.

— Et qui s'occupait d'elle ?

— Moi. Sa famille n'a plus voulu rien savoir d'elle du jour où elle s'est enfuie. J'étais tout ce qui lui restait. J'ai travaillé dur, pour lui offrir les soins qu'elle méritait et, au début, j'étais seul à m'occuper d'elle, par manque d'argent. Petit à petit, les affaires ont démarré, j'ai pu faire venir une aide à domicile, au moins à temps partiel.

— C'est ainsi que vous avez commencé dans la sécurité ?

— Oui. J'étais grand, costaud. Je n'avais pas peur de grand-chose après l'enfance que j'avais eue. Etre garde du corps semblait une évidence. Je me suis bâti une petite réputation et les clients ont afflué, de plus en plus importants. Jusqu'au moment où j'ai pu créer ma société. Et gagner assez pour donner tout le confort à Marina.

— Ce n'était pas dangereux ?

— Si, bien sûr. Mais il faut savoir ce que l'on veut. Et moi, je voulais aider ma femme. Elle avait tout sacrifié en acceptant de partir avec moi. Ne devais-je pas tout sacrifier pour elle en retour ?

Eva avait l'impression que son cœur allait éclater. Cette fois, elle ne put retenir ses larmes. Des larmes que

Mak ne verserait jamais, elle le savait. Il fallait bien que quelqu'un pleure pour lui…

— Eva, fit-il doucement, s'avançant pour essuyer du pouce la trace humide sur sa joue. Il ne faut pas. Pas pour moi.

— Je n'y peux rien…

Il l'attira sur ses genoux, lui caressa les cheveux.

— C'est moi qui suis censée vous consoler, fit Eva en ravalant ses larmes.

— Vous êtes celle qui a le plus besoin de réconfort. Ne me croyez pas insensible, Eva. Mais j'ai eu tant de peine… C'était si dur, cette souffrance toujours plus intense à mesure que les forces de Marina s'épuisaient… Au bout d'un moment, je crois que j'ai épuisé ma capacité à souffrir. Tout est devenu… neutre. Vide. C'est mieux ainsi.

Elle posa la main sur son poignet, avec légèreté. Mak ne se déroba pas. Il acceptait ce contact, le lien qu'il créait entre eux. Eva ne savait pas combien de temps cela durerait, ni pourquoi c'était soudain possible. Mais c'était là et elle ne ferait rien pour briser cet instant fragile. Car cet homme comptait pour elle, elle avait une soif inextinguible de lui, émotionnellement autant que physiquement.

Eva ferma les yeux et inspira profondément, s'imprégnant de son odeur virile, s'y lovant comme dans un confortable cocon. Elle espérait qu'elle aussi lui apportait quelque chose, car Mak avait beau se refermer dès qu'on parlait de sentiments, elle savait qu'il en éprouvait. Même s'il s'en protégeait, refusant d'admettre jusqu'à leur existence… C'était le résultat du choc subi après son mariage. Il prétendait que c'était mieux ainsi… Pourtant, n'était-ce pas une malédiction plutôt qu'un bienfait ? Elle était mal placée pour le contredire sur ce point. Avait-elle jamais connu les ravages d'une peine aussi intense ? A côté des souffrances de Mak, Eva jugeait soudain ses récriminations futiles. Sans réfléchir, elle posa les lèvres sur la joue de Mak, ombrée d'un soupçon de barbe. Le contact était plaisant… Elle appuya le front contre sa tempe et le sentit soudain se raidir.

Alors elle posa une main sur son visage, le tournant doucement vers le sien, amenant ses lèvres à quelques centimètres des siennes. Quoi de plus facile que de se pencher, de les goûter… Elle amorça le mouvement mais Mak l'arrêta.

— Non, Eva.

Il la maintint à distance puis la souleva légèrement pour l'asseoir à sa place tandis qu'il se levait. La cabine oscilla et Eva frémit.

— Pourriez-vous essayer de ne pas nous tuer pour le plaisir de fuir mes baisers ? fit-elle, le cœur battant de frayeur.

Mak la regarda d'un œil vide.

— Croyez-moi, *Printzyessa*, c'est dans votre intérêt.

— Vraiment ? rétorqua-t-elle, les bras croisés sur la poitrine. Et que savez-vous de mon intérêt ?

— Je sais que vous avez envie d'un baiser, d'arcs-en-ciel, de cœurs et je ne sais trop quoi encore, bref, ce que vous imaginez être l'amour. Vous ne voulez pas le désir cru, ni les étreintes poisseuses de sueur. Ce n'est pas vous.

Elle avala sa salive. Elle avait senti ses seins durcir, comme s'ils se tendaient vers lui.

— Le désir cru est-il au programme ? demanda-t-elle.

— Certainement pas.

— Alors, pourquoi en parler ? C'est cruel de me tenter.

Il eut un rire sans joie.

— Parce que vous croyez que je ne le suis pas, tenté ?

— C'est difficile à dire, avec vous…

— Mes émotions sont peut-être paralysées, Eva, mais pas mon corps.

— Et moi, croyez-vous que je n'ai pas de corps sous prétexte que j'ai un cœur ? Vous me jugez incapable de ressentir du désir pur. Pourtant, c'est faux. Et je peux très bien faire la différence avec l'amour.

— Donc, vous avez envie de moi ? fit-il en lui jetant un regard prédateur.

La réponse était difficile à formuler mais Eva choisit de se montrer honnête. Pourquoi tricher maintenant ?

— Oui, murmura-t-elle.

Elle vit bouger sa pomme d'Adam tandis qu'il déglutissait, comme pour digérer son aveu.

Mak dévisagea Eva, le cœur battant à tout rompre. Pourquoi se trouvait-il confronté à une telle tentation ? N'avait-il pas passé tous les tests, donné toutes les preuves ? N'était-il pas resté fidèle à Marina jusqu'au bout ?

A présent, il était libre, son mariage dissous par la mort de celle qu'il avait aimée. Il pouvait aller avec qui lui convenait. Mais pas avec Eva. Même si leur désir était mutuel. Même si, à cause d'elle, il savait de nouveau souffrir… N'était-ce pas la plus cruelle ironie du sort ?

— De toute façon, cela n'a pas d'importance, jeta-t-il en forçant le mensonge hors de sa gorge. Nous ne sommes pas ici pour cela. Profitez donc de la vue.

— Je déteste les sommets.

— Il ne fallait pas venir, alors.

— Pourquoi pas ? C'était une nouvelle expérience et j'ai intérêt à les accumuler car, dans six mois, je serai sous les verrous d'une union politique.

— Ce ne sera pas la fin du monde.

— Non, seulement celle de ma liberté. Mais c'est vrai que je n'en ai pas tellement aujourd'hui, reprit-elle avec une grimace cynique. Ce sera juste une différence de degré…

— Vous aurez toujours la liberté d'être vous. Evangelina Drakos, aucun homme, ni roi, ni époux, ne pourra changer qui vous êtes vraiment.

— Personne ne se soucie de qui je suis vraiment.

Ce fut au tour de Mak de s'approcher. Il prit entre ses mains le fin visage d'Eva et la fixa de ses yeux sombres.

— Vous êtes belle, intelligente, et assez forte pour tenter de combattre le système qui vous a vue naître. Vous avez fait des bêtises, et alors ? N'est-ce pas le cas de tout le monde ? Quiconque ne perçoit pas quelle perle vous êtes est un parfait imbécile.

Les yeux d'Eva se mirent à étinceler.

— Voyez-vous vraiment tout cela en moi, Mak ?

Il dessina du doigt le contour de son menton.

— Je ne suis pas aveugle. Comment ne pas le remarquer ?

Elle couvrit sa main de la sienne et Mak frémit. Il avait eu plus de contact avec elle ces dernières heures qu'il n'en avait eu avec quiconque ces dix dernières années. Il avait oublié à quel point c'était important, réconfortant, il avait oublié la chaleur qu'on ressentait sous une caresse…

— J'aimerais… j'aimerais tant que les choses soient différentes, chuchota Eva.

Elle se montrait si honnête avec lui qu'il se sentit obligé de lui rendre la pareille.

— Moi de même, Eva.

L'amertume le dévorait. Non pas en ce qui concernait son passé, mais bien ce présent qu'il était obligé de gâcher alors qu'il désirait Eva de tout son être. Et que ce désir était partagé… Grâce à elle, il était redevenu homme, après avoir tenté si longtemps de nier sa nature profonde.

— Mak…, fit-elle soudain, rompant le silence. Si vous pouviez choisir de recommencer votre vie en sachant ce qui allait arriver à votre femme, le feriez-vous ?

Il plongea son regard dans les yeux lumineux d'Eva.

— Non. Certainement pas. J'ai joué avec la vie de Marina. Mais c'est la sienne que j'ai perdue, pas la mienne. Elle ne méritait pas cela.

— Vous n'êtes pourtant pas joueur, Mak. Je parierais que la seule fois qu'on vous a vu dans un casino est celle où vous êtes venu m'y chercher.

Il vit son sourire tendre et l'émotion qui bouleversait son visage. Jamais il ne pourrait lui donner autant.

— Peut-être n'était-ce pas un jeu de hasard. Mais j'ai laissé mon cœur mener la barque, au lieu de la diriger avec ma raison. Je ne suis pas près de recommencer.

8.

Eva ne pouvait trouver le sommeil. Depuis que Mak s'était confié à elle pendant leur ascension, son esprit était en ébullition, plein de lui, de ce qu'il avait souffert, de toutes ces épreuves traversées… Il en était sorti plus fort, être de granit que rien ne semblait pouvoir briser.

Elle se leva, sortit sur la terrasse. La nuit était froide, étoilée. Des systèmes de chauffage étaient placés à intervalle et elle les alluma. De sinueuses vagues de chaleur montèrent bientôt autour d'elle, brouillant les contours du paysage, déformant les parois brillantes des montagnes.

A Kyonos, Eva était habituée au bruit des vagues, à l'air chargé d'embruns qui lui picotaient la gorge. Ici, l'air était d'une pureté tranchante, et le froid semblait assécher les poumons. Et ce silence tout autour, glacial…

Son regard se perdit, effleurant la cime des sapins.

— Que faites-vous debout à cette heure-ci ?

Elle se retourna et vit Mak de l'autre côté de la terrasse.

— Je ne dormais pas…

— Et quand vous ne dormez pas, vous sortez vous geler ?

— Avec le chauffage, c'est très supportable. Pourquoi vous êtes-vous levé ?

Eva espérait secrètement que ce soit pour elle, que Mak allait la prendre dans ses bras et la ramener dans la chambre pour la réchauffer de sa passion…

— J'ai entendu du bruit, j'ai voulu voir si tout allait bien.

— Très chevaleresque de votre part.

— Ne m'attribuez pas de qualificatifs démesurés. N'oubliez pas que je suis payé pour vous secourir si besoin.

— C'est toujours ce que vous dites. Pourtant, vous vous êtes dévoué sans compter pour Marina. Et vous refusez de me toucher. Vous en avez envie mais vous ne cédez pas.

Les mots d'Eva restèrent suspendus entre eux, tels des flocons glacés. Avoir parlé sans détours la mettait à nu devant lui. Enfin, il s'approcha et la lune dessina les angles de son visage. Ses yeux brillaient d'un éclat sauvage.

— Je vous ai touchée, Eva, l'auriez-vous oublié ? Et dans mes rêves, j'ai fait tellement plus ! Je ne vois rien de chevaleresque dans de telles pensées.

Il reconnaissait ce qu'elle osait à peine espérer, qu'il la désirait, au moins autant qu'elle le désirait.

— Agir et penser sont deux choses différentes, Mak.

— C'est dans la pensée que les actes prennent leur source.

— Alors, vous avez même renoncé à une pensée libre, cela aussi vous le sacrifiez à votre honneur ?

Il marcha vers elle avec la souplesse d'un prédateur mais s'arrêta avant de la rejoindre et se mit à faire les cent pas. Le tigre en cage… La gorge d'Eva s'assécha.

— J'ai essayé, Eva, mais je n'y suis pas parvenu.

Elle aurait voulu avancer jusqu'à le toucher, supprimer cette distance entre eux qui n'était pas que physique. Le désir de l'enlacer la dévorait, à lui faire mal.

Finalement, elle fit un pas en sa direction.

— Arrêtez, Eva.

Mak savait qu'il n'aurait pas dû se trouver là. Le bruit qui l'avait fait sortir n'était qu'un prétexte car il n'avait jamais cru Eva en danger. Mais il n'avait pu se retenir.

Eva l'attirait comme un aimant. Et au fond, n'espérait-il pas qu'enfin son honneur cède devant l'urgence de son désir ?

— Si vous saviez comme je pense à vous, reprit-il, vous courriez vous réfugier sous vos draps. Je n'étais qu'un gamin quand je me suis marié, je connaissais l'envie physique et croyais que sa simple satisfaction suffisait. Je n'avais pas imaginé qu'un jour je voudrais plus, que le goût d'une femme deviendrait une obsession pour moi, que je serais prêt à tout pour sentir sur mes doigts le miel de son désir. Je n'ai jamais éprouvé cela pour aucune autre, Eva.

Parler le libérait. Les mots venaient de loin, d'un lieu secret en lui-même dont il imaginait à peine l'existence. Eva n'avait pas reculé. Elle n'avait pas non plus l'air effrayée, ce qui aurait pu les sauver.

— Je voudrais tant te prendre, Eva. Te faire mienne.

Les seins d'Eva se soulevèrent sous sa respiration houleuse.

— Prends-moi.

C'était simple, direct, et cela lui fit l'effet d'un coup de poignard. Où trouverait-il la force de lutter ?

Ce fut lui qui recula.

— Je ne peux pas…

— Pourquoi ? Seras-tu toujours gouverné par d'autres, retenu par ton honneur de faire ce que tu sais être juste ?

— Nous sommes tous esclaves, Eva. Nous servons tous un maître et aucun homme ne peut en avoir deux. Je ne peux céder à mes désirs et considérer que c'est bien.

— Est-ce si mal de vouloir de moi ?

— Dans ces circonstances, oui. Ne me tente pas plus, Eva.

Elle recula à son tour, le visage fermé.

— Bien. Bonne nuit, Mak.

Le regret ensevelit Mak sous une chape d'amertume.

— Bonne nuit, Eva, murmura-t-il en rentrant.

Il irait s'épuiser au sous-sol, dans la salle de gym. Que faire d'autre ? En descendant, il fut saisi d'un accès de rage. Pourquoi tout cela ? Que Dieu lui vienne en aide, car il n'avait plus la force de lutter. Ni même le souhait…

Face à n'importe quelle autre femme, il aurait pu vaincre ses désirs. Il l'avait prouvé. Mais ce qu'il ressentait pour Eva dépassait de loin un simple besoin sexuel… L'effort qu'il dut faire pour continuer son chemin vers la salle de gym fit perler la sueur à son front. Pour ce soir, il parviendrait à se maîtriser. Mais demain ?

Qu'avait-elle attendu de son anniversaire, se demanda Eva, roulant dans ses draps froissés. Croyait-elle vraiment qu'elle allait se réveiller transformée par ses vingt et un ans ? Plus sage, plus lucide ? C'était tout le contraire…

La matinée était grise et froide, rien de bien plaisant pour un anniversaire. En temps normal, elle serait en train de se préparer pour une réception où défileraient des gens souriants qui l'assureraient de leurs bons vœux tout en se moquant bien de son avenir… On aurait choisi pour elle une tenue formelle adéquate. Mais aujourd'hui, pas de robe ni de dentelles. Un simple jean et un sweater suffiraient, puisqu'il s'agissait seulement de passer un jour de plus auprès de Mak. Un jour pas comme les autres… car les instants de parfaite honnêteté qu'ils avaient partagés la veille avaient créé un lien entre eux, encore plus fort que leur baiser. Le souvenir lui noua l'estomac et il lui fallut plusieurs minutes avant de se décider à descendre.

Mak l'attendait au bas de l'escalier.

— J'allais monter te réveiller, il est tard. Mais je ne peux te blâmer de cette grasse matinée après la nuit dernière…

Ainsi, il ne comptait pas faire semblant. C'était mieux ainsi. Sûrement.

— Ce qui s'est passé ne m'a pas blessée, rassure-toi.

— J'ai dit des choses que j'aurais mieux fait de garder pour moi…, fit doucement Mak.

— Cela nous arrive à tous.

Ne l'avait-elle pas pratiquement supplié de coucher avec elle ? Pire encore, elle n'en avait pas honte. Elle regrettait seulement de ne pas l'avoir fléchi !

— Quelle heure est-il, au fait ? lança-t-elle, préférant pour le moment changer de sujet.

— Onze heures.

— Si tard que cela ! J'ai abusé des privilèges de mon anniversaire, je le crains.

Mak fronça les sourcils.

— C'est ton anniversaire ? Ce sont tes vingt et un ans ?

— Exactement. Et contrairement à ce que j'espérais, je ne suis pas devenue plus raisonnable pour autant.

Moins, peut-être…

— Bon anniversaire.

Le souhait de Mak était formulé d'une voix un peu rauque, comme s'il n'était pas habitué à de tels souhaits.

— Merci.

— Pourquoi ne rien m'avoir dit ? J'aurais préparé une petite fête, je t'aurais offert quelque chose.

— Cela n'a aucune importance, Mak.

— Pour moi, si. Je vais demander à Liesel de te faire un gâteau. Et ne discute pas. Quel parfum ?

Eva en avait presque les larmes aux yeux. Mak était capable de la désarçonner comme personne, avec des attentions sincères que bien peu avaient eues pour elle.

— Eh bien… Chocolat, alors. C'est mon point faible.

— A vos ordres, princesse. Y a-t-il quelque chose d'autre dont tu aies envie pour ce jour très spécial ?

— Non, Mak, merci, je n'ai besoin de rien.

— Besoin et envie sont deux choses différentes…

Ce dont elle avait envie, c'était de lui. Mais cela, elle ne pouvait le demander. Même pas pour son anniversaire.

— Un bon dîner, peut-être, dans ce cas. Quelque chose de simple. Ma mère cuisinait toujours pour moi ce jour-là…

— … Et c'était plus réconfortant que tous les dîners d'apparat, conclut-il pour elle.

Eva rosit de plaisir à se sentir aussi bien comprise… Mak la vit s'empourprer et sourit. Il aimait lui faire plaisir. Cela le gratifiait à un point qu'il n'aurait pas cru possible. Et comme il ne pouvait lui donner d'autre joie, et surtout pas celle des corps, eh bien, il cuisinerait pour elle.

— Très bien, reprit-il, ce soir, tu auras droit à une fondue. Que fais-tu d'habitude pour ton anniversaire ?

— Rien de bien différent qu'à l'ordinaire. De la représentation. On vient me féliciter de tous côtés… Le palais se met sur son trente et un. Tous ces gens qui s'agitent autour de moi, c'est presque effrayant. J'ai peine à imaginer ce que ce sera pour mon mariage… Si Bastian veut toujours de moi ! ajouta-t-elle avec un sourire cynique.

Mak s'assombrit. L'idée des mains de Bastian sur elle lui était insupportable.

— Tu as eu de ses nouvelles ?

— Pas pour l'instant. Ni aucune du palais. Et tant mieux.

Son visage s'était tellement attristé que Mak fut tenté de poser la main sur son bras, de lui procurer un peu de réconfort. Mais il savait qu'il ne s'en tiendrait pas là. Il fallait donc qu'il s'éloigne.

— J'ai quelques coups de fil à passer. C'est urgent.

Bien sûr, il travaillait souvent dans l'urgence mais, cette fois, celle-ci ne venait pas de son métier. Ce qui n'attendrait pas une seconde de plus, c'était la distance de sécurité à mettre entre lui et Eva.

— Très bien. A plus tard alors.

Dans ses yeux, Mak lut comme une prière. Pour qu'il reste là, tout près d'elle. Mais s'il cédait, son désir risquait de déborder son honneur. C'était bien la première fois qu'il ne pouvait compter sur sa force morale.

C'était probablement stupide de s'habiller pour dîner mais n'était-ce pas son anniversaire ? D'ailleurs, sa robe courte et moulante, plutôt sexy, n'avait rien à voir avec les tenues officielles ! Elle aurait sûrement mieux fait de choisir quelque chose de plus discret, se dit Eva, mais comment résister au plaisir de voir Mak la regarder comme si elle était une friandise rare et raffinée ? Bien sûr, cela ne déboucherait sur rien. Mais c'était si bon d'être désirée !

Le désir de Mak la faisait réagir d'une façon toute particulière. Bastian était attiré par elle, elle le sentait bien quand ils dansaient ensemble. Ses conquêtes d'un soir au casino aussi… Cependant, son sang restait froid devant leur émoi. Alors que face à Mak, il bouillonnait… Cet homme la bouleversait. Peu habituée à se soucier des autres, elle ne pouvait endiguer son émotion à l'évocation du douloureux passé de Mak. Tout ce qu'elle pouvait donner allait vers lui, comme si une force supérieure lui arrachait son âme pour la déposer devant lui. C'était terrifiant… et exaltant tout à la fois. Au moins, elle se sentait vivante.

Elle descendit dans la cuisine, et, de la porte, observa Mak verser du vin blanc dans le caquelon à fondue. Près de lui, elle aperçut la râpe électrique et le reste d'une roue de fromage.

— C'est toi qui as tout préparé ? demanda-t-elle, étonnée.

— J'ai toujours cuisiné pour mes repas, rétorqua-t-il en souriant. J'ai préparé la fondue mais le gâteau a été concocté par Liesel. Je suis moins habile avec le sucré.

— C'est très gentil à toi d'avoir pris toute cette peine.

Une appétissante odeur de fromage et de vin cuit s'élevait dans la cuisine encore chaude de tous les préparatifs. Eva en avait l'eau à la bouche. Mais pas uniquement pour le repas… Mak la tentait bien plus dans son jean sombre, son torse musclé souligné par un T-shirt noir… Elle remarqua qu'il était pieds nus et cela, curieusement, le rendait plus accessible. Comme s'il livrait un peu de son intimité. Ce qui rendit Eva nerveuse. Comment parvenait-il à être aussi séduisant ?

— Ça me fait plaisir, alors je n'ai aucun mérite. Tu vois, Eva, je n'ai rien d'altruiste. Prends une chaise, ce sera bientôt prêt.

Il avait dressé la table de bois brut avec un napperon et deux bougies. La vaisselle était simple mais jolie, à mille lieues des porcelaines dorées du palais. Eva s'assit.

— Tu cherches encore à te faire passer pour égoïste, Mak.

— C'est que je le suis, répliqua-t-il tout en tournant la fondue avec application.

— Tu ne l'as pas été avec Marina.

— On formule des vœux lors d'un mariage : « dans la santé comme dans la maladie… à l'exclusion de toutes les autres, jusqu'à ce que la mort nous sépare… »

— Et tu as respecté ces vœux ?

— Oui, pendant dix ans. Mais assez parlé de cela, fit-il en déposant le caquelon devant eux. Sers-toi.

— Mais…

Eva restait immobile, sa pique suspendue en l'air.

— Qu'ai-je bien pu dire pour te déconcerter ainsi ? demanda Mark.

Tout. Tout ce qu'il disait sur son mariage la déstabilisait. Jamais elle n'avait été confrontée à un amour de cette sorte. Son frère accumulait les maîtresses. Son père avait toujours fait de même, et sans doute déjà du vivant de sa mère, qu'il aimait, pourtant, à sa façon. Savoir que Mak était resté fidèle à sa femme alors que celle-ci ne pouvait plus le satisfaire bouleversait Eva.

— L'amour que tu as montré pour elle…

Mak s'assombrit.

— Pas de grands discours, Eva. L'amour est surestimé.

Ne savaient-ils pas tous deux que c'était faux ? Mak en constituait la preuve vivante, ayant démontré jour après jour à Marina que l'amour pouvait opérer des miracles. Grâce à lui, Eva avait évolué et comprenait que l'amour était loin de ce qu'elle imaginait dans ses rêves de midinette.

Elle se leva et tout son corps tremblait. Il fallait qu'elle aille à lui, qu'elle lui montre l'étendue de son émotion, le désir qui étreignait son cœur. Mak la regardait approcher, le regard insondable. Elle se pencha vers lui, et l'air sembla se raréfier autour d'eux. Aucun bruit ne couvrait celui de leurs souffles, rauques, comme déchiquetés. Leurs yeux se cherchèrent et ne se lâchèrent plus. Mak semblait attendre ce qu'elle déciderait de faire mais Eva n'avait aucun plan. Doucement, du pouce, elle effleura sa lèvre inférieure et en retour, du bout de la langue, Mak goûta le doigt qui s'offrait. Une flèche de désir transperça Eva jusqu'au tréfonds de son être, les pointes de ses seins durcirent instantanément.

Elle se pencha encore et il lui prit les mains, la bloquant.

— Réfléchis bien, Eva…

— C'est tout réfléchi. Laisse-moi faire.

Le désir l'emplissait d'audace autant que de certitude.

Elle ne se posait plus de questions, elle savait. Se penchant, elle posa sa bouche sur la bouche ferme de Mak.

Il ne bougea pas, la laissant explorer ses lèvres, en dessiner de la langue le contour. Mais il avait frémi.

— Je n'ai jamais fait cela, murmura-t-elle enfin, appuyant son front contre celui de Mak.

— Tu sembles très douée, fit-il d'une voix râpeuse.

— Mmm… Je suis ravie que tu apprécies, répondit Eva en se penchant de nouveau pour effleurer ses lèvres. Tu m'as demandé tout à l'heure ce que je voulais pour mon anniversaire. A vrai dire, ma réponse, c'est… toi. C'est toi que je veux. Etre avec toi.

Elle vit tressaillir la pomme d'Adam de Mak.

— Pourquoi, Eva ?

— N'est-ce pas suffisant de le vouloir ? *Te* vouloir ?

— Je ne sais plus ce qu'est vouloir, expliqua-t-il d'une voix étranglée. A force de nier mes besoins, de prétendre qu'ils n'avaient aucune importance, j'ai oublié l'évidence.

— Au palais, personne n'a jamais accordé aucune attention à ce que je voulais… Aujourd'hui, nous avons une chance de réparer cela. De nous aider l'un l'autre. S'il te plaît, reprit-elle en étouffant un sanglot, ne me laisse pas épouser un homme dont je ne veux pas sans avoir connu l'amour dans les bras de celui dont j'ai envie. Car c'est vraiment toi que je veux, Mak, pas seulement l'expérience. J'aurais pu la connaître avec des tas d'hommes trop heureux de servir mon désir. Je n'ai pas voulu d'eux. Toi, tu vaux bien le risque que je prends en m'offrant…

Mak posa les mains sur les hanches d'Eva, la serrant à lui faire mal.

— J'ai fait ce que j'ai pu pour me conduire de façon honorable, je n'ai pas trompé ma femme, je n'ai même pas pris de maîtresse après sa mort. Tu es la seule que j'aie désirée depuis si longtemps… Et tu es la seule que je devrais fuir.

Il ferma les yeux, la douleur sculptant les traits rudes de son visage. Puis il reprit, avec l'intensité d'une prière :

— Que le ciel me vienne en aide car je te désire comme un fou. J'ai toujours refoulé mes envies, toujours choisi le droit chemin mais, aujourd'hui, je te choisis, même si c'est mal, même si j'ai tort. Je te veux, Evangelina Drakos, ma princesse.

9.

— Tu es sûre de toi ? reprit-il, la regardant intensément pour lire le fond de sa pensée. Car une fois que nous aurons commencé…

Il ne serait plus capable de s'arrêter. Ses limites avaient été atteintes. Eva avait rompu toutes ses digues.

Il avait refusé les avances de tant de femmes ! Il attendait, sans savoir quoi, ne sachant comment rejoindre le monde des vivants. C'était Eva qui l'avait réveillé de ce long sommeil. Et ce qu'il éprouvait pour elle allait au-delà du simple désir, sinon, il aurait pu le maîtriser aisément.

Eva se donnait à lui avec une simplicité qui tenait de l'évidence. Et pourtant, il savait qu'elle était vierge. Mais quand elle avait pris une décision, elle s'y tenait, bravement. Elle était de feu. Lui n'était que de pierre, froid, détaché. Pour quelques instants, il voulait changer. Se réchauffer à sa flamme. Retrouver la chaleur, enfin.

— Je suis absolument sûre de moi, répondit-elle, s'installant sur ses genoux et se penchant pour l'embrasser.

— Attends, fit-il, paralysant son mouvement. Je veux pouvoir te regarder en sachant que tu seras mienne.

Il glissa les mains dans la masse soyeuse de ses boucles. C'était si bon de les toucher enfin ! Il ne laisserait aucune place à la culpabilité ce soir. Demain, bien sûr, elle reviendrait en force, comme une compagne fidèle qui ne le quittait plus depuis bien des années. Mais pas ce soir. Il voulait se consacrer tout entier à Eva.

Il vit sa lèvre trembler alors qu'il venait cueillir sa bouche. Elle se lova contre lui, les seins pressés à sa poitrine, s'offrant tout entière à son baiser.

Mak se donna toute liberté de la goûter : les lèvres d'Eva étaient douces et sucrées, sa langue chaude, excitante…

L'envie de la toucher le torturait. L'envie de se perdre dans un corps fait pour lui, de connaître enfin ce qu'il se refusait depuis si longtemps. Il défit la fermeture Eclair de sa robe, lentement, savourant chaque centimètre gagné, chaque seconde de cette sensation nouvelle : déshabiller une femme bien vivante, haletante entre ses bras.

Elle avait su choisir la robe qui titillerait sa libido mais, à présent, il fallait qu'il l'en débarrasse. Il en fit glisser le tissu sur ses épaules, puis sur ses bras, révélant des seins parfaits, dont les pointes couleur caramel se devinaient sous la dentelle translucide du soutien-gorge.

Il les effleura du pouce et la réponse immédiate d'Eva le transperça, renforçant son désir. Oui, ce soir, il oublierait son habituel contrôle et saurait profiter de chaque instant. Ne l'avait-il pas mérité ? Mais cette nuit était pour elle, aussi. Qu'il soit damné s'il n'en faisait pas pour Eva la plus parfaite des expériences.

— Tu es incroyable…

Elle était si belle, avec ses pommettes hautes, son nez droit, ses lèvres pleines… Son visage resterait à jamais gravé dans sa mémoire.

— Je parie que tu dis cela à toutes les femmes, murmura Eva avec un demi-sourire.

Mak se crispa. Cette discussion, il aurait de loin préféré ne pas l'avoir. Mais Eva se donnait à lui en toute honnêteté et il lui devait la même chose.

— Il n'y a pas eu d'autre femme…

Les yeux d'Eva s'agrandirent de surprise.

— Ce… ce n'est pas possible. Depuis que Marina est…

— Je n'ai cherché personne, ni trouvé quiconque dont j'aie envie. Il faut croire que je devais t'attendre…

Il vit des larmes embuer son regard.

— Tu es la seule femme, reprit-il, qui me donne envie de vivre de nouveau. Le désir physique, je l'ai éprouvé maintes fois, bien sûr, pendant toutes ces années. Mais avec toi, c'est différent. Cependant… je comprendrais si tu préférais te réserver pour un autre. Plus expérimenté.

Il vit les prunelles d'Eva s'emplir d'horreur, comme s'il avait blasphémé.

— Mak, il fallait un courage surhumain pour respecter tes engagements comme tu l'as fait. C'est pour moi une raison supplémentaire de te désirer. Qu'aurais-je à faire de l'expérience des autres quand c'est toi que je veux ?

Mak laissa échapper un soupir de soulagement.

— Si tu savais combien j'en suis heureux…

— Tu es le meilleur homme que je connaisse. Avec toutes les qualités requises.

Il sourit.

— Je sais démanteler un engin explosif en soixante secondes. Cela demande de la concentration et de la dextérité. Je devrais pouvoir appliquer ces compétences à d'autres domaines…

Elle rit en se rejetant en arrière, et le cœur de Mak manqua un battement. Comme elle était belle ainsi, les seins pointés vers lui…

Il dessina le contour de la dentelle sur sa peau et Eva étouffa un petit râle. Alors, Mak dégrafa son soutien-gorge et la vision de sa peau nue lui coupa le souffle.

Il avait vu des femmes nues avant elle mais elle était différente d'une belle fille croisée sur une plage ou d'une créature sexy sur papier glacé. Avidement, il lui prit les seins à pleines mains. Cette fois, Eva n'eut pas peur de laisser s'exprimer son plaisir en un long gémissement.

Alors Mak prit une pointe tendue entre ses lèvres et un long frisson agita Eva, se répercutant en lui, durcissant son désir, l'encourageant à aller plus loin. Il lécha, suça… Le gémissement d'Eva se transforma en un cri rauque et elle enfonça les mains dans ses épaules.

— Tu aimes ? murmura-t-il.

— Si j'aime ? Le mot n'est pas suffisant…

Galvanisé, Mak la prit dans ses bras. Il ne lui fallut qu'un instant pour gravir l'escalier et la conduire à sa chambre. Il déposa doucement Eva sur son lit, puis mit un genou sur la couette moelleuse et, se penchant, prit sa bouche avec avidité. Elle lui rendit son baiser aussi ardemment, se cambrant, sa langue s'enroulant à la sienne.

A la simple pensée de ce qui allait suivre, du moment où il serait gainé de sa chaleur, où, humide de désir, elle le laisserait entrer en elle, Mak en tremblait. Soudain, l'évocation de ces instants le mit face à un détail bien plus pragmatique. Il étouffa un juron.

— Que se passe-t-il ? murmura Eva, déconcertée.

— Je n'ai pas de protection… évidemment.

— Je… j'en ai vu dans ma salle de bains, fit-elle d'une toute petite voix.

— Oh… Oui, bien sûr. Un de mes hommes, expliqua Mak, que j'ai autorisé à passer quelque temps ici, histoire de se faire oublier après une affaire délicate…

Il ne l'avait pas autorisé à amener une femme au chalet mais jamais de sa vie il n'avait été aussi heureux d'une entorse à la discipline !

— Tu n'as rien à expliquer. Je te fais confiance, Mak, sinon, je ne serais pas ici…

— Tu es une personne extraordinaire.

— Et toi, tu dis à mon sujet des choses terriblement gentilles…

Il rit et déposa un petit baiser sur les lèvres d'Eva.

— C'est bien la première fois qu'on m'accuse d'être gentil… Je vais chercher les préservatifs.

Quand il revint, Eva l'attendait, sa chevelure épandue sur l'oreiller, ses seins nus dressés par l'excitation. Elle était l'incarnation même de la tentation, de ses fantasmes les plus fous. Crispant les poings sous la force du désir, il sentit la morsure de son alliance. Mak s'arrêta, réfléchit un instant puis l'ôta et la posa sur la commode. Ce soir, il n'y aurait pas de fantôme dans son lit, rien qu'Eva et lui, rien que leur plaisir. Celui qu'il ferait tout pour lui donner.

Il se déshabilla, pressé de la rejoindre, et s'aperçut qu'elle le regardait, les yeux brillants. Quand il fut nu, elle acheva d'ôter ses vêtements et Mak vit apparaître le triangle brun en haut de ses cuisses. Il la dévora du regard, admirant sans se lasser sa peau dorée par le soleil, ses seins ronds, les boucles serrées de son sexe. Elle était la perfection même.

— Tu es tout ce qu'on peut rêver chez une femme…

— Et toi chez un homme, tellement, tellement plus que ce que je pouvais imaginer…

Mak s'allongea près d'elle. Eva se tourna à demi pour lui faire face et il posa une main sur la courbe rebondie de ses fesses. Elle se plaqua à lui, l'invitant à une plus grande intimité alors qu'elle glissait une jambe par-dessus les siennes. L'érection de Mak se durcit encore et elle frémit.

— Il faut avoir de la patience avec moi, *Printzyessa*… Cela fait si longtemps que j'attends ce moment… Et j'ai tellement envie de toi ! Mais il faut que je prenne mon temps, pour réaliser avec toi tous mes rêves…

Il lui caressait les seins, pressant entre ses doigts leurs mamelons, et Eva laissa échapper un soupir.

— Oh ! Mak !

— Mon nom sur tes lèvres, quel délice… Je vais tout faire pour te l'entendre répéter…

Il glissa le long de son corps, laissant de sa langue une trace humide et posa une main à l'intérieur de ses cuisses qu'elle écarta comme pour l'encourager. Il y déposa un baiser.

— Mak…

— Oui, comme ça…, fit-il en lui caressant délicatement le clitoris. Exactement comme ça…

Elle eut un gémissement rauque et il approfondit sa caresse, grisé de l'entendre. Sous ses doigts, elle était humide et brûlante, tout ce qu'il attendait. Enfin, sa bouche vint prendre le relais et il la goûta alors que les hanches d'Eva se soulevaient. Il l'immobilisa pour la soumettre à la délicieuse torture de sa langue, embrasant en lui-même un feu inextinguible. Il aurait voulu la caresser sans fin et tout à la fois satisfaire son désir de la façon la plus primaire : c'était une guerre d'extases qui se livrait en lui.

Il sentit Eva se tendre et continua de titiller le petit bouton de chair qui gonflait sous sa langue, tandis que ses mains remontaient jusqu'à ses seins pour les pétrir. Soudain, elle s'agrippa à ses épaules et cria son nom, le corps agité de soubresauts et de hoquets de plaisir.

Elle avait basculé. Grâce à lui ! Une fierté mêlée de joie envahit Mak. Eva méritait tout ce qu'il pouvait lui donner. Il n'allait pas s'arrêter là.

Il remonta à sa hauteur tout en insérant un doigt en elle, pour continuer à la stimuler et s'assurer qu'elle reste prête. De sa main libre, il saisit le préservatif et chercha à l'ouvrir.

— Laisse-moi t'aider, murmura-t-elle.

Elle déchira fébrilement l'emballage, mais, avant de lui enfiler la protection, elle le caressa longuement.

— Moi aussi, j'y ai droit, chuchota-t-elle, imitant le

rythme que Mak donnait à la main qu'il avait glissée entre ses cuisses.

Ce fut à lui, cette fois, d'exhaler un râle étranglé.

— C'est bon ? demanda-t-elle.

— Mieux que cela…

Alors elle ajusta le préservatif, ses mouvements méthodiques et précis devenant pour Mak une nouvelle source d'excitation.

Il allongea Eva sous lui. Elle ouvrit les cuisses et l'invita en elle en le guidant. Il l'embrassa et la pénétra doucement, lui laissant à chaque poussée le temps de s'habituer, prenant tout le temps de savourer sa moiteur. Puis, serrant les dents, il tenta de suivre le rythme qu'elle lui impulsait par ses soupirs, retenant son plaisir pour faire croître le sien, accélérant quand il la sentait se cambrer, ralentissant quand elle se tendait sous lui.

Il était entièrement en elle et elle noua les jambes autour de ses reins, comme pour mieux sceller leurs deux corps. L'intimité que lui offrait Eva surpassait tout ce qu'il avait pu fantasmer, lire ou même voir sur un écran. Elle saturait ses sens de son odeur, de son parfum, des gémissements tendres qui lui échappaient. Elle était tout entière autour de lui, composait tout son univers.

Soudain, elle se crispa, ses seins se dressèrent et il sentit son orgasme pulser autour de son érection. Alors, le désir le plus cru l'éperonna et il s'abandonna, perdu au monde pour être à elle pleinement. N'existait plus qu'Eva, son corps soudé au sien. Mak laissa échapper tout contrôle, tout ce qui le bridait… Son corps gronda, comme pris dans une tourmente avant d'être, enfin, délivré par une explosion de pur plaisir.

Lorsqu'il reprit sa respiration, Mak attira Eva tout contre lui, et elle posa les mains sur sa poitrine en une douce caresse, murmurant les mots les plus tendres qu'il ait jamais entendus. C'était comme un baume apaisant sur ses blessures, comme une source où désaltérer son âme…

Pour ce soir, pour quelques heures encore, il s'autorisait à n'avoir qu'elle pour horizon. Demain serait un autre jour.

10.

Ses vingt et un ans n'avaient rien changé en eux-mêmes mais Eva était bien différente de la veille… Elle se tourna pour contempler Mak endormi, le visage adouci et détendu par le sommeil. Son torse nu révélait les lignes serrées de ses abdominaux et elle ne put résister à les suivre du doigt. Le drap tombait assez bas sur ses hanches, laissant deviner le reste de son corps, titillant l'esprit d'Eva.

Il avait été merveilleux. Eva n'imaginait même pas qu'un plaisir aussi intense soit possible. Il avait dynamité toutes ses idées sur la question… Elle sourit. Elle et lui formaient un duo ardent. Ils étaient… explosifs ensemble. Et cela n'avait rien à voir avec leurs expériences précédentes ! C'était juste l'alchimie entre eux qui fonctionnait à la perfection.

Mak poussa un soupir sous la caresse d'Eva. Elle se pencha pour l'embrasser, espérant de toutes ses forces qu'il ait gardé de la veille le même souvenir ébloui qu'elle.

— Hé, beauté…, murmura Mak, ouvrant les yeux. Bien dormi ?

— Le peu que tu m'as laissé dormir, oui ! fit-elle en souriant, sa main vagabondant sur le torse puissant de Mak. Tu n'as pas été… déçu, alors ?

— Par quoi ? dit-il. Tu es la femme la plus merveilleuse que je connaisse…

— Tu manques de points de comparaison.

— Je n'en ai pas besoin, affirma-t-il en posant une main possessive sur la hanche d'Eva. Et je n'en veux pas.

L'instant d'après, il était sur elle, et sa bouche, active et chaude, lui confirma avec passion ce qu'il venait de dire. Elle aurait voulu que le temps s'arrête, sentir toujours sur elle le poids de Mak, ses baisers, son sexe dur, son regard gris plongé dans le sien. Leur étreinte s'enflamma et elle écarta les cuisses pour l'accueillir, nouant ses jambes aux siennes pour mieux le retenir.

Mak laissa échapper un grognement.

— Ça va ? demanda Eva.

— Mieux que cela ! Si tu continues, tout va finir très vite !

Elle lui donna un long baiser.

— Je ne m'inquiète pas. Tu as été parfait la première fois.

— C'est l'intérêt de savoir se contrôler, répondit-il en souriant, et à ce niveau-là, j'ai toute l'expérience requise !

Il se pencha sur elle, prit la pointe d'un sein dans sa bouche et ce fut au tour d'Eva de gémir.

Le bonheur lui était toujours apparu comme un but vague et lointain. Certainement, elle ne l'avait plus connu après la mort de sa mère et, depuis qu'elle savait devoir se marier, toute chance de l'éprouver un jour semblait compromise. Peut-être Mak avait-il raison ? Peut-être que le bonheur était surestimé ? Sans réelle importance… Ce qu'elle venait de connaître dans ses bras était sans doute tout ce qu'elle aurait de bon dans sa vie, songea Eva en lovant sa joue au creux de l'épaule de Mak.

— Mak, chuchota-t-elle, brûlant d'entrer plus avant encore dans son intimité puisque ce serait la seule qu'elle voudrait jamais connaître. S'il te plaît… dis-moi quelque chose que tu n'aies dit à personne avant moi…

Il sourit et déposa un petit baiser sur son front.

— Tu connais déjà beaucoup de mes secrets…

— Un de plus, supplia-t-elle en le caressant pour appuyer sa demande. Rien que pour moi…

— Tu ferais une espionne redoutable, déclara Mak, immobilisant la main d'Eva avant qu'elle ne lui fasse perdre tout contrôle sur la situation. Un homme serait prêt à tout pour un baiser de toi ! D'accord, voilà mon secret : je ne suis pas quelqu'un de bien.

Eva haussa un sourcil.

— Si c'était pour mentir, ce n'était pas la peine d'accepter.

— C'est la vérité, Eva. Quel homme bien aurait confié à des nurses le soin de sa femme malade ? Si j'ai travaillé si dur, c'était pour elle, mais aussi pour moi. Cela me permettait de souffler, hors de sa présence. D'oublier ce corps à demi vivant, d'oublier ma culpabilité…

— Quelle culpabilité, Mak ?

— Je l'ai poussée à fuir sa famille, c'est moi qui l'ai conduite vers un destin horrible.

— Tu ne pouvais rien en savoir, Mak. Et qui te blâmerait d'avoir eu besoin de souffler ? Il te fallait une force surhumaine pour tenir, pour faire d'elle le centre de ton monde. Cesse de t'accuser, tu n'es pas Dieu, même si, poursuivit-elle en souriant, je viens dc te dire à peu près le contraire ! Accorde-toi… une nouvelle chance de vivre. Arrête de te crisper autour de ton passé, laisse-le partir.

— Je ne sais pas comment faire, avoua Mak en un soupir. Oublier, ce serait nier que Marina a jamais existé.

— N'oublie pas votre amour, n'oublie pas son sourire. Lâche tout le reste.

— L'amour ne sera jamais un bon souvenir pour moi, il est lié au désastre… Mais je peux me rappeler son sourire.

— Bien. Alors accroche-toi à cela.

— Tu es une femme extraordinaire, Eva. Qui d'autre que toi, dans les bras de son amant, pourrait lui demander de se rappeler le visage d'une autre ?

Eva plongea son regard dans celui de Mak, y mettant toute la douceur du monde.

— C'était ta femme. Tu l'as aimée. Je respecte cela, Mak.

La journée se déroula comme un rêve. Mak l'emmena au village, lui fit visiter les rues typiques aux maisons étroites et pentues, lui offrit une balade en calèche dans la neige... Ils prirent un café sur un balcon de bois sculpté qui donnait sur la rue animée. N'était-ce pas cela, le bonheur ?

Lorsqu'elle revint au chalet, les roues rouges de sa promenade, Mak avait une autre surprise pour elle.

— Ce soir, nous dînons tous deux devant le feu, un pique-nique à l'intérieur, si tu préfères, devant la cheminée...

Elle battit des mains comme une enfant et son geste amena un grand sourire sur le visage de Mak. Un sourire comme elle ne lui en avait jamais vu... Et comme elle risquait de ne plus lui en voir, se rappela-t-elle, car cette fenêtre ouverte qui laissait entrer tant d'insouciance dans son cœur se refermerait sous peu. A jamais... Avec détermination, Eva chassa ces pensées accablantes. Pourquoi assombrir les moments qu'ils partageaient ?

Liesel, avant de partir, avait laissé une bouteille de vin blanc au frais et, sur le grand tapis de laine blanche qui faisait face à la cheminée, tous les ingrédients nécessaires au pique-nique : bouchées au fromage, jambon de pays, tartelettes aux noix... Que de délices ! Eva en salivait d'avance. Mak jeta quelques coussins par terre et ils s'installèrent. Les flammes crépitaient, ponctuant leurs rires. C'était tellement bon de grignoter en tête à tête, songea Eva ! Le vin blanc lui donnait une griserie légère, lui faisant oublier qu'il y aurait des lendemains.

— A moi de te confier un secret, fit-elle d'une voix mutine. C'est un de mes rêves d'enfant que de dîner face à un feu de cheminée. Puis, en grandissant, c'est devenu un fantasme romantique. Chaque fois que je m'imaginais dans les bras d'un homme, c'était ma mise en scène favorite.

— Eh bien ! Il va falloir que tu m'expliques cela en détail, exigea Mak avec un baiser prometteur. Mais attention à ne pas trop fantasmer sur moi, tu sais que le romantisme n'est pas mon fort.

Ces derniers mots la glacèrent. C'était vrai, elle se laissait aller à rêver, à envisager… mais quoi ? L'impossible ! Mak avait eu raison de la mettre en garde. Toute griserie s'était évanouie quand Eva se donna à lui, pleinement, sachant exactement qu'il n'y aurait rien que ces étreintes entre eux. Mais c'était tellement plus que la vie ne devait lui offrir ! Chaque instant avec Mak était précieux, il se muerait en un souvenir magnifique et, bientôt, elle n'aurait plus que cela à quoi s'accrocher.

Quand elle s'ouvrit à lui et qu'il vint en elle, ce fut bien plus qu'un acte physique car Mak, avec sa douceur et sa force, rassasiait une faim que jamais aucun homme ne suffirait à assouvir. Chacun de ses coups de reins la comblait, la portait au-delà des limites du plaisir. Elle était comme suspendue au-dessus d'un gouffre, mais quand il l'y fit basculer d'un ultime assaut, ce fut comme si elle s'élevait soudain dans les airs, quittant le temps, quittant l'espace en une explosion de tout son être. Le plaisir l'emplissait toute, plus important que l'avenir, réduisant par avance en cendres ce qu'elle devrait vivre après coup.

Si seulement cet instant pouvait durer toujours !

*
* *

Elle dormit mal cette nuit-là, cherchant dans la chaleur de Mak un antidote à ses angoisses. Tant qu'il serait contre elle, attentionné et protecteur, rien ne pourrait lui arriver.

Au petit matin, elle finit par s'assoupir et, quand elle se réveilla, elle était seule dans le lit. Avait-elle dormi si tard ? Elle se leva d'un bond, et rejoignit Mak dans la cuisine.

Une barre soucieuse plissait son front.

— Ton père a appelé, fit-il. Il veut que tu rentres immédiatement.

Une sueur glacée perla au front d'Eva. Rentrer, si vite ?

— Mais… je ne comprends pas, il voulait m'éloigner pour calmer la presse…

— Cela n'a pas marché. Il a décidé d'une autre stratégie.

— Et… tu vas continuer à assurer ma protection ? demanda-t-elle, luttant contre la panique.

— Plus que jamais, bien sûr, si la presse est à tes trousses.

— Oh… tant mieux, soupira Eva, presque soulagée.

Bien sûr, elle ne pourrait plus jamais dormir dans ses bras… Mais ne plus le voir aurait été mourir.

Il y eut un moment de silence entre eux.

Je t'aime…

Les mots étaient venus à l'esprit d'Eva, sans qu'elle le veuille, comme une bulle remonte à la surface pour éclater enfin. Elle ferma les yeux et tenta de repousser ce qu'elle venait de s'avouer. Elle n'était pas censée tomber amoureuse de Mak ! D'abord à cause de son devoir envers son pays et puis… parce Mak ne croyait pas à l'amour. Celui-ci lui avait laissé trop de cicatrices, il était clair qu'il n'en voulait plus. Le désir, oui, la satisfaction des corps. Cela, elle avait le droit d'y croire. Avec lui. Mais le reste…

Il faudrait qu'elle se contente de ce qu'elle avait vécu

au chalet. Car il n'y aurait plus pour elle d'autre porte ouverte que celle des souvenirs.

Mak vit trembler sa lèvre et s'approcha. Il la prit dans ses bras, la tint serrée, longtemps. Quand il s'écarta, son visage était neutre, vide de toute émotion.

— Il faut aller faire tes bagages, Eva.

Dans un effort de volonté surhumain, elle se hissa à sa hauteur et répondit sans faiblir :

— Très bien, j'y vais.

Mak passa le vol de retour plongé dans ses dossiers. Il ne pouvait se permettre de se rapprocher d'Eva, pas même de s'asseoir à côté d'elle. Sinon, le contrôle qu'il maintenait à grand-peine sur lui-même serait ruiné.

Ils devaient à présent retrouver la réalité. Le roi les attendait. Mak aurait dû regretter d'avoir enfreint ses propres règles. Il en était bien incapable… Car Eva l'avait tiré de sa léthargie. Ses baisers lui avaient insufflé une vie nouvelle, elle avait remis des couleurs au désert sombre qu'était son existence. Mais à défaut de regret, il aurait dû éprouver des remords, au moins pour elle. Ne lui avait-il pas fait croire qu'un autre monde était possible ? Il l'avait leurrée. Il n'avait rien à lui offrir, puisqu'il n'était plus qu'une carcasse vide depuis la mort de Marina. Par contre, il avait pris d'Eva tout ce qu'elle pouvait lui donner, sans réfléchir, puisant en elle comme à un puits d'eau fraîche, sans souci de ce qu'elle deviendrait après. Elle méritait bien mieux qu'une ombre d'homme à ses côtés… Un mariage, même arrangé, aurait plus à lui offrir que lui, qui avait déjà tout donné à une autre.

Eva s'arrêta devant la porte du bureau royal.

— Veux-tu que je t'accompagne ? demanda Mak,

desserrant pour la première fois les dents depuis qu'ils avaient pris l'avion du retour.

— Non, ça ira.

Elle serait forte. Avait-elle le choix, d'ailleurs ?

Eva toqua à la porte et entra.

— Père, je suis de retour.

Le roi ne leva pas les yeux des papiers qu'il consultait.

— Bien. Nous avons du pain sur la planche.

— A quel propos ?

— Ton mariage, répondit-il, se levant enfin pour s'avancer vers elle. Ta disparition n'a pas calmé la presse, et la seule chose qui puisse les retourner, c'est l'annonce de ton mariage. Heureusement, Bastian reste d'accord. C'est ta seule chance de sauver ta réputation, ma fille.

Eva n'avait pas entendu la suite du discours. Son esprit était comme paralysé. Stephanos continua sa diatribe et tout ce qu'elle perçut tenait en deux mots :

— … quatre semaines…

C'était donc ce qui lui restait de vie avant son mariage ?

La pièce se mit à chavirer et pourtant Eva restait droite, tenue par sa dignité. Mais à l'intérieur d'elle, un gouffre s'était ouvert sur un désespoir sans fond. Epouser Bastian lui avait toujours paru une erreur mais, maintenant, après s'être donnée à Mak, c'était… répugnant.

— Excuse-moi, fit-elle d'une voix qu'elle ne reconnut pas, avant de quitter le bureau sur des jambes tremblantes.

Elle se précipita dehors, dans le jardin, et inspira à pleins poumons. Peut-être l'air salin dissiperait-il le brouillard de son esprit ? Les embruns firent leur effet mais la brume fut remplacée par la clarté aveuglante de la réalité, aussi impitoyable que le soleil de Kyonos.

Titubant, Eva se dirigea vers le fond du parc, où se trouvait son refuge de verdure. Une fois sous les arceaux protecteurs de la vigne, elle se laissa tomber à genoux et resta immobile. Il lui semblait que toute vie la désertait.

Elle espérait presque des larmes, un cri venu du fond d'elle-même qui aurait allégé l'insupportable tension. Rien ne vint. Tout ce qu'elle parvenait à faire, c'était à respirer par à-coups, entre deux attaques de panique.

Soudain, une main chaude se posa sur son épaule, l'arrachant aux abîmes du désespoir. Mak était près d'elle.

— Que s'est-il passé ?

Elle voulut parler : aucun son ne sortit. Alors Mak s'agenouilla et l'attira à lui. Elle posa la tête sur son cœur, se grisa de son odeur. Comment avait-elle cru possible de l'oublier, même au prix des pires souffrances ? C'était plus que souffrir qui était en jeu, c'était sa vie même.

Elle s'accrocha à lui avec l'énergie du désespoir et, enfin, les larmes jaillirent de ses paupières.

— Ne pleure pas, chuchota doucement Mak en lui caressant la nuque. Ce n'est pas fini, pas encore…

— Si, répondit-elle, recouvrant une voix qui ne lui parut pas la sienne. Je dois me marier. Dans quatre semaines…

Mak eut l'impression que l'air se raréfiait autour de lui.

— Eva… Mon Dieu, je ne peux pas…

— Je ne te demande pas de me secourir, Mak. Il ne va rien m'arriver de grave. Je pourrais partir si je le voulais. Mais pourquoi ? L'honneur me retient et tu m'as dit que c'était plus important que le bonheur, qui lui ne dure pas. A long terme, j'y trouverai une forme de satisfaction, non ?

— Sans doute, souffla Mak, moins sûr de lui tout à coup.

— Donc, je vais tenter de me conduire honorablement. De laver l'honneur sali de ma famille en épousant Bastian. D'aider mon pays par cette alliance. Et j'espère… j'espère que cela suffira. Car je sais ce que je perds avec toi, Mak.

A ces mots, il se raidit.

La pensée d'autres mains sur elle le déchirait. Lui ne pourrait plus mettre une femme dans son lit, il le savait. Personne ne pourrait remplacer Eva. La sexualité avec elle n'était pas un simple échange physique, ni même un soulagement : c'était... une expérience sacrée. Et cela, il ne le trouverait chez aucune autre. Mais ce n'étaient pas ses besoins à lui qui comptaient désormais, c'était elle. Ce qu'il pouvait lui offrir n'était pas une vie. Alors, doucement, il la releva.

— Je l'espère aussi, Eva, de tout mon cœur.

11.

La soirée où les fiançailles seraient annoncées devait rester dans les annales. Il y avait là les représentants des deux familles royales, et tout ce qui comptait de personnalités influentes dans leurs pays. Le palais étincelait de lumières, qui prêtaient aux yeux d'Eva une fausse animation. Elle aussi étincelait, dans sa robe en mousseline vert d'eau brodée de paillettes, ses boucles relevées en un chignon savant. Son visage de cire avait obligé sa camériste à rosir ses joues plus que d'habitude. Elle fit une pause à l'entrée du salon d'apparat, laissant son regard errer distraitement sur la foule des convives. Elle n'en connaissait pas la plupart et s'en moquait, tout comme ils se moquaient bien d'elle et de son destin, étant là sur commande, eux aussi.

Quiconque l'aurait regardée en cet instant aurait pensé qu'elle cherchait Bastian des yeux. Quelle erreur ! Soudain, tout son être frémit. Sans même se retourner, Eva savait que Mak était derrière elle. Elle fit volte-face.

— Tu es superbe, murmura-t-il sans sourire.

— Merci. Je te retourne le compliment…

Comment avait-elle pu penser un jour que ses yeux étaient froids et sans expression ? L'émotion était là, elle la voyait aujourd'hui, mais il fallait bien connaître Mak pour s'en rendre compte car il l'enfouissait très profondément…

— Combien de temps reste-t-il avant l'annonce officielle des fiançailles ? demanda-t-elle.

— Une demi-heure, fit Mak, l'œil sur sa montre.

— C'est bien, il nous reste un peu de temps. Suis-moi, fit-elle d'un ton décidé, se dirigeant vers les jardins.

— Où veux-tu aller ?

— Dehors, juste quelques minutes.

Elle ne se posa aucune question en précédant Mak. Ce qu'elle avait décidé ne regardait qu'elle. Tout ce qui comptait, c'était d'être avec lui. Encore une fois.

D'un pas vif, elle le mena à son coin de verdure préféré, sous les arceaux de vigne. Alors Eva se tourna vers Mak, et s'approcha jusqu'à le toucher.

— Je ne voulais pas que nos baisers devant la cheminée soient les derniers, fit-elle en l'enlaçant, craignant qu'il s'écarte, fidèle à son devoir plus que tout.

Mais non. Après une ombre d'hésitation, il prit les lèvres qu'elle lui tendait. Quand elle sentit la pression de sa langue, Eva étouffa un sanglot. Pleurer, maintenant ? Elle ne pouvait pas perdre la moindre seconde du temps qui leur restait, ni le gâcher en pensant que ce serait la dernière fois. Le vivre intensément, voilà ce qu'elle devait faire.

Avec dextérité, elle débarrassa Mak de sa cravate et défit les boutons de sa chemise, assez pour y glisser les mains et retrouver le contact brûlant de sa peau. De son côté, Mak relevait la mousseline de sa robe, et d'une main, s'insinuait sous le triangle de dentelle qui protégeait sa féminité. Elle haleta, l'encourageant à poursuivre, caressant les lignes dures de son érection.

— Dis-moi que tu as ce qu'il faut sur toi, souffla-t-elle.

Mak lui répondit dans un murmure rauque.

— Oui. Je sais que je n'aurais pas dû mais je ne pouvais pas m'empêcher d'espérer…

— Tu as bien fait. Viens, maintenant…

Elle s'assit sur l'un des vieux bancs de bois qui ornaient les alcôves de verdure, disposés là pour offrir aux promeneurs une halte reposante. Il n'était pas question de repos cette fois et Eva s'allongea à demi pour permettre à Mak de la rejoindre. Il fut en elle rapidement, tout de force et de douceur mêlées, et Eva crut qu'elle allait défaillir de joie.

— Oh ! Mak ! murmura-t-elle, enfouissant le visage au creux de son épaule. C'est si bon…

— Eva…

La façon dont il prononçait son nom était d'une sensualité bouleversante. Elle noua ses jambes autour de lui et se laissa tout entière envahir par l'incroyable plaisir de le sentir en elle. Chaque poussée de ses hanches l'amenait plus loin, faisait vaciller sa raison, fissurait son emprise sur le réel. Soudain, ce fut l'explosion et elle ne put retenir un cri. Mak continuait, et son rythme s'accéléra, lui procurant des à-coups de plaisir supplémentaire, jusqu'à lui aussi se perdre en elle en grondant.

Alors, elle lui prit le visage entre ses mains et le regarda comme si elle ne devait jamais le revoir. Une larme perla à ses paupières, qu'elle ne se donna pas la peine d'écraser.

— Combien de temps nous reste-t-il ? fit-elle d'une voix blanche.

Mak reprit son souffle.

— Un quart d'heure à peine.

— Ça ira, décréta-t-elle en le repoussant doucement, se redressant pour remettre de l'ordre dans sa coiffure.

Mak avait rectifié sa tenue lui aussi.

— Je te raccompagne.

— Très bien.

Le chemin de retour fut un chemin de croix pour elle. Mais elle était décidée.

Le salon bruissait d'impatience quand ils y parvinrent. Tout le monde l'attendait.

— Eva, murmura Mak, ce qui vient de se passer… je suis désolé…

— Chut… Ne dis plus jamais ça. C'est moi qui l'ai voulu et je ne le regrette pas. Ni cela, ni rien de ce qu'il y aura eu entre nous.

Elle pressa rapidement la main de Mak et entra dans le salon illuminé.

Bastian vint à sa rencontre et elle prit le bras qu'il lui offrait.

— Es-tu prête, Evangelina ? demanda-t-il calmement.

Sa question était si impersonnelle qu'il n'avait pas même usé de son diminutif.

— Oui, répondit-elle du même ton posé, comme si tout son être ne criait pas le contraire.

Mak était derrière elle, elle le savait, fidèle à son rôle de garde. Garde du corps… Si seulement il avait pu garder le sien à vie ! Mais il venait de lui faire un cadeau précieux, piétinant pour ces instants avec elle toutes les règles qu'il se fixait dans sa vie professionnelle. Elle ne pouvait lui en demander plus. Car il ne s'agissait pas que d'elle, pas que de lui. Il s'agissait d'honneur, ce qui comptait le plus pour Mak. C'était un homme de devoir, et c'était sûrement pour cela qu'elle l'aimait autant.

Eva, tournant le dos à l'amour, s'avança donc vers le devoir.

— Le mariage aura lieu dans trois semaines, annonça le roi Stephanos sous les applaudissements.

La princesse prodigue se rangeait enfin… Un concert d'approbations, proférées à mi-voix, parcourut la salle. Mak, adossé à l'un des piliers, recevait chacun de ces murmures comme un coup de poignard. C'était donc pour cela qu'elle devrait supporter une vie de dévouement, pour que les dignitaires de chaque pays puissent se congratuler, heureux de savoir que les us et coutumes ne se perdaient pas !

Eva se tenait bien droite, et son expression ne trahissait rien. Avait-elle appris cela de lui ? Bastian, bien sûr, était à son côté mais Mak ne le voyait même pas. Il n'avait pas assez de tous ses regards pour elle, il n'en gaspillerait pas un pour un homme qui ne comptait pas.

Lorsque Bastian prit la parole, louant l'union de Kyonos et de la Komenia, Mak se put s'empêcher d'entendre sa voix bien timbrée. Une farouche envie de l'étrangler s'empara de lui. Rien que de l'imaginer tenant Eva contre lui… Pour Bastian, l'amour ne comptait pas. Il n'avait pas dit un seul mot de sa future femme, incapable d'apprécier le trésor dont il serait dépositaire.

Mak, lui, savait. Il savait qu'Eva était une perle rare, unique, intelligente, capable d'illuminer par son sourire les recoins les plus sombres de son âme. Elle était vivante, joyeuse, inattendue… Ce ne serait sans doute pas ce que son mari apprécierait le plus chez elle, et Eva, en conséquence, risquait de lui réserver bien des surprises. Pour l'instant, Bastian pensait juste faire une bonne affaire : la réputation dégradée d'Eva lui avait sûrement permis de négocier des conditions avantageuses pour son pays…

Cette pensée fit monter un flot de bile dans la gorge de Mak. Eva avait raison, elle n'était qu'une marchandise, vite cédée avant que le marché ne la dévalue. S'il ne s'était agi que d'argent, Mak aurait tout vendu pour l'acheter. Le petit royaume de Komenia avait sûrement moins de fonds disponibles que lui ! Mais il s'agissait d'elle, de sa dignité. Et ce qui était insupportable était le coût qu'Eva allait payer, sacrifiée à un homme qui ne saurait pas l'aimer.

Après les discours vint le temps du bal, ouvert par les

futurs époux. Lorsque Mak vit le regard hanté d'Eva, il comprit pleinement ce que ce mariage allait lui coûter. Cette tristesse insondable, jamais il ne l'avait lue au fond de ses yeux. Soudain, l'air lui manqua. Il fallait qu'il sorte. Il allait revenir, bien sûr, son travail l'exigeait mais il avait besoin d'une minute, seul, loin du couple qui tournoyait aux accents de la valse. Eva dans les bras d'un autre, c'était trop pour lui.

Il descendait l'allée gravillonnée qui menait aux jardins lorsqu'il entendit un pas derrière lui.

— Mak ! Je t'en prie, attends !

Eva le rejoignait, hors d'haleine.

— J'allais rentrer, ne t'inquiète pas. J'avais besoin d'air.

Elle s'arrêta net devant lui, posa les mains sur son torse.

— Donne-moi une raison, Mak, juste une et j'annule tout.

Mak secoua la tête, le cœur en cendres.

— Non, Eva. Tu ne dois pas faire cela pour moi.

— Et pourquoi, puisque c'est toi que je veux ?

Elle avait presque crié et il passa la main sur sa joue.

— Parce que tu vaux mieux que cela, mieux que moi qui n'ai rien à t'offrir. Mais tu vaux mieux aussi qu'eux tous réunis et ta liberté vaut largement plus que ce qu'ils te préparent. Si tu veux la reprendre, vas-y, Eva, mais fais-le pour toi. Moi, je n'ai pas le droit de t'y inciter, pas le droit de te vouloir. Bastian, au moins, te veut vraiment, quelles que soient ses raisons.

Eva jeta à Mak un regard éperdu.

— Mais je t'aime, Mak, et je ne l'aime pas !

Elle sentit Mak trembler sous le coup de cet aveu et il s'écarta d'elle.

— Il est d'autant plus urgent que je m'éloigne de toi.

Ce qu'il fit, et Eva crut que son cœur se briserait. Quand Mak disparu dans la pénombre, les jambes lui manquèrent. Elle s'effondra doucement sur elle-même, sa mousseline froissée autour d'elle. Soudain, un garde surgit à ses côtés.

— Princesse, fit-il d'un air affolé, tout va bien ?

— Ne vous inquiétez pas. J'ai seulement besoin de réfléchir. Laissez-moi seule, s'il vous plaît.

Le ton de la princesse était si assuré que le garde n'osa pas insister et retourna au palais.

Eva n'avait pas bougé d'un pouce.

« Fais-le pour toi », avait dit Mak.

Soudain, la vérité s'imposait à elle, comme une évidence. Mak ne voulait pas d'elle, mais il lui avait montré l'issue. Eva, bien sûr, avait souvent cherché à fuir son destin mais ses révoltes restaient enfantines et futiles. Jamais elle ne s'était dressée devant son père en lui expliquant ce qu'elle voulait faire de sa vie. Elle avait eu trop peur, peur d'être rejetée, de ne plus être aimée de ce qui lui restait de famille. Elle n'avait plus peur à présent. Il y avait pire que de ne pas être aimée des siens : ce serait de vivre auprès d'un homme qui ne l'aimait pas et qui ne s'intéresserait jamais à elle. Même si Mak restait un horizon impossible, elle n'était pas obligée de se condamner à cette vie de servitude.

— Eh bien, c'est maintenant ou jamais, fit-elle tout haut, se relevant sans même prendre la peine de lisser les plis de sa mousseline.

Eva passa en trombe devant le garde qui avait voulu l'aider, se moquant bien qu'il la prenne pour une folle.

— Merci, Mak, lança-t-elle tout haut dans le couloir désert, je vais le faire, et le faire pour moi !

Il n'y avait pas de paix au fond d'une bouteille d'alcool, se dit Mak, faisant les cent pas dans sa chambre. Il le savait d'expérience. Autant affronter ses démons sans cette aide factice, qui se dissiperait trop vite pour l'aider.

Il avait choisi de s'effacer, pour le plus grand bien d'Eva, prétendait-il… C'était la raison qu'il avait avancée. Que pouvait-il lui apporter ? Elle méritait tellement mieux que lui…

Mais s'il acceptait de regarder la vérité en face, la véritable raison était ailleurs. Il avait peur, de s'engager et de souffrir encore. Peur de sortir de lui-même, d'aller vers l'autre. Or, n'était-il pas déjà trop tard pour se protéger ? Déjà, il s'était ouvert à Eva et déjà son cœur saignait.

— Je l'aime…

Il avait prononcé ces paroles à haute voix, étonné lui-même de leur étrange sonorité. Face au mystère de cet amour, il se sentait infiniment vulnérable… et merveilleusement vivant. Il fallait qu'il agisse. Maintenant.

Voilà, c'était fait. Cela n'avait pas été sans douleur mais son père l'avait écoutée, il ne l'avait pas déshéritée et, lorsqu'elle avait expliqué les raisons qu'elle avait de rompre ses fiançailles, il avait paru les respecter. C'était déjà un bon début à d'autres relations, plus personnelles, avec lui. Bastian avait été d'accord pour retarder l'annonce officielle de leur rupture, car cela lui laissait le temps de chercher ailleurs. Et s'il n'y avait eu ce sentiment de vide qui étreignait son cœur, Eva aurait pu se réjouir pleinement de sa nouvelle liberté. Des projets commençaient à se former dans sa tête. Elle pourrait créer une organisation caritative pour ceux qui, comme Mak, devaient s'occuper de proches abîmés par la vie. Ils se sentiraient moins seuls avec un soutien. Moins responsables de tout…

Elle allait se rendre en ville, prendre les premiers contacts. Mais pour cela, il lui faudrait un nouveau garde. Ceux du palais suffiraient bien, puisqu'elle n'avait plus aucune raison de leur échapper ! Elle s'habilla rapidement d'un tailleur sobre et sortit dans le couloir.

Tout au bout, elle vit une silhouette se dessiner dans la pénombre, un homme en costume noir. Etait-elle victime d'une hallucination ? Elle voyait souvent Mak dans ses rêves mais il ne pouvait se trouver ici. Son contrat avec le palais avait été clôturé à la demande d'Eva elle-même, qui n'aurait pu supporter de le voir chaque jour en sachant qu'il ne voulait pas d'elle.

— Mak…, murmura-t-elle, incrédule.

Il pressa le pas et, en réponse, elle se mit à courir vers lui. Ils se jetèrent dans les bras l'un de l'autre.

— Comme tu m'as manqué…

Ce n'était pas grave qu'il l'ait rejetée, cela ne comptait pas qu'elle livre son cœur en vain. Comment retenir le flot d'émotion qui surgissait de son âme ? Mak la serra contre son cœur et elle le sentit battre à tout rompre. Se pouvait-il que lui aussi… ?

Soudain, il posa un genou à terre, devant elle.

— Epouse-moi. Laisse tomber Bastian. Il ne t'aime pas, moi, si. Je ne suis pas parfait, je ne suis pas prince. J'ai eu peur d'être trop endurci pour aimer mais tu as réveillé l'amour en moi. Je n'aurai pas trop de toute une vie pour t'en remercier.

Eva, le souffle coupé, ne pouvait que dévorer Mak du regard. Avait-elle bien compris, il parlait de… l'épouser ?

— Je ne peux te faire reine aux yeux du monde mais je te traiterai comme telle, reprenait Mak d'un ton ardent, se relevant pour la prendre dans ses bras. Si tu veux de moi…

— Oh ! Mak… Tu es le seul homme qui m'ait rendue heureuse ! J'ai déjà rompu mes fiançailles, pour retrouver ma dignité, comme tu me l'avais suggéré. Je suis libre d'accepter ce que tu m'offres, libre de choisir le bonheur aux côtés de l'homme que j'aime…

Des larmes embuèrent le regard de Mak.

— Comme tu es belle… Tu le seras toujours à mes yeux, ma reine, mon amour… Et dire que j'ai failli te perdre !

Il frissonna tout en parlant et ce fut au tour d'Eva de sentir les larmes lui brûler les yeux.

— Plus aucun risque de me perdre, à présent. D'abord, parce que tu es le meilleur garde du corps que j'aie jamais eu et puis, ajouta-t-elle avec un sourire, parce que tu vas avoir du mal à m'éloigner de toi…

Sur cette promesse, elle se pressa contre lui et il prit sa bouche avec passion.

— Heureusement que ma chambre n'est pas loin, lui souffla Eva.

Il lui lança un regard railleur :

— La princesse n'en a-t-elle pas assez des scandales ?

— Le scandale aurait été de vivre loin de toi, répondit Eva avec vivacité. Mais la question est : vas-tu me supporter telle que je suis, princesse rebelle toujours prête à renverser les barricades ?

— Grâce au ciel, tu as bousculé celle qui défendait mon cœur et je t'en suis reconnaissant à jamais. Pour le reste… disons que je saurai m'en accommoder. A certaines conditions, cependant…

L'étincelle qui brillait dans ses yeux en disait assez long pour qu'elle se dispense de questions, et Eva, le cœur battant, l'attira jusqu'à sa chambre.

— Au fait, reprit-elle entre deux baisers, une fois la porte refermée derrière eux, qui va assurer la sécurité à notre mariage ?

— Je me contenterai du rôle de l'époux. Il faut savoir déléguer, répondit-il en l'attirant à lui. D'autres s'en chargeront.

Elle poussa un soupir de contentement.

— Pour ce qui va suivre, tu es le seul à pouvoir assurer…

Mak eut un vrai sourire, plus radieux que ceux qu'elle lui avait jamais vus.

— Crois-moi, chérie, ce rôle-là, je ne le déléguerai à personne !

collection *Azur*

Ne manquez pas, dès le 1er mars

***LA FIANCÉE DU SULTAN**, Abby Green • N°3327*

Mariage Arrangé

Ennuyeuse et terne ! Voilà donc comment le sultan Sadir la considère… Derrière la porte du bureau royal restée entrouverte, Samia est à la fois blessée et révoltée par les propos qu'elle vient de surprendre. Comment a-t-elle pu être aussi naïve ? Dire qu'elle s'était imaginé que sa future union avec le richissime souverain d'Al-Omar, une alliance stratégique entre leurs deux royaumes, pourrait devenir un mariage d'amour… Les paroles peu flatteuses de son futur époux lui ôtent brutalement tout espoir de voir un jour ce rêve se réaliser. Pour la première fois, Samia prend conscience avec effroi qu'elle est condamnée à vivre auprès d'un homme qui n'éprouvera jamais pour elle aucun sentiment…

***L'AMANT DU CASTELLO,** Christina Hollis • N°3328*

Invitée à séjourner en Italie, au légendaire Castello di Sirena – une opportunité extraordinaire pour une jeune archéologue comme elle – Josie espérait y passer deux semaines aussi passionnantes que studieuses. Mais à peine arrivée, elle est confrontée à la présence extrêmement troublante du propriétaire des lieux, le séduisant comte Dario. Sous le regard de ce play-boy notoire, aussi brûlant que le soleil de Toscane, Josie sent s'éveiller en elle un désir si irrépressible, si intense qu'elle finit bientôt par y succomber. Prenant ainsi le risque de partager le sort de toutes les conquêtes de Dario avant elle : celui d'être séduites, puis rejetées sans pitié…

***UN TROUBLANT CHANTAGE**, Sara Craven • N°3329*

Enfant Secret

Face à l'homme qui vient de faire irruption chez elle, Polly a un instant l'impression qu'elle va s'évanouir… Devant elle, se tient Sandro Valessi, le ténébreux Italien qu'elle a follement aimé trois ans plus tôt, le temps d'un été inoubliable, jusqu'à ce qu'il ne la congédie sans aucune explication. Aussitôt, Polly sent un terrible pressentiment l'envahir : si Sandro est là, c'est forcément pour Charlie, leur fils de deux ans dont elle lui a caché l'existence. Un pressentiment qui se confirme lorsque Sandro lui annonce qu'il est venu pour obtenir la garde de leur fils. Et qu'il ne renoncera qu'à une condition : qu'elle accepte de l'épouser...

SOUS LE CHARME D'UN HÉRITIER, *Suzanne James* • *N°3330*

En arrivant à Mulberry Court, Helena se sent submergée par l'émotion. Comment aurait-elle pu imaginer qu'Isobel, l'ancienne maîtresse des lieux, lui lèguerait sa sublime propriété, à elle, la fille du jardinier ? Mais ce qui la bouleverse davantage encore, c'est la perspective de revoir le neveu d'Isobel, Oscar Theotokis, l'homme qui lui a brisé le cœur autrefois – et qui hérite avec elle de la demeure. Si elle veut garder Mulberry Court, et respecter ainsi les dernières volontés d'Isobel, qu'elle aimait profondément, Helena sait qu'elle n'a pas le choix : pendant quelques mois, elle va devoir habiter sous le même toit que lui. Une cohabitation forcée qui la plonge dans le désarroi : dans ces conditions, pourra-t-elle résister à l'attirance qu'Oscar continue de lui inspirer, en dépit de tout ?

UN TÉNÉBREUX MILLIARDAIRE, *Kate Hardy* • *N°3331*

En allant trouver le milliardaire Dante Romano, Carenza n'avait qu'une idée en tête : le dissuader de racheter l'entreprise que lui a léguée son grand-père. Seulement, à peine franchit-elle la porte de son immense bureau surplombant la baie de Naples qu'elle se fige. Ce n'est pas le décor fastueux des lieux ni l'accueil glacial de Dante qui la paralyse, mais l'alchimie aussi puissante qu'inattendue qu'elle ressent d'emblée entre eux. Une attirance presque palpable qui menace de lui faire perdre tous ses moyens. Que lui arrive-t-il ? Et comment va-t-elle pouvoir affronter la difficile négociation qui l'attend, si elle réagit ainsi à la simple présence de cet homme ?

UNE INACCEPTABLE PROPOSITION, *Miranda Lee* • *N°3332*

En écoutant l'incroyable proposition de John Mitchell — faire avec elle le bébé dont elle rêve ! —, Scarlet se sent submergée par la joie... et la panique. Pour elle qui rêve de devenir mère, l'offre est en effet inespérée. Et elle n'a a priori aucune raison de refuser. D'abord parce que John a le profil idéal : il est brillant, beau, et terriblement sexy ! Ensuite, et plus important encore, parce qu'elle le connaît depuis longtemps et qu'elle lui fait confiance. Pour autant, doit-elle accepter son offre ? Car lorsque John, pour lequel elle éprouve en secret bien plus que de l'amitié, retournera à sa vie de célibataire endurci, ne risque-t-elle pas de terriblement souffrir ?

AU JEU DU DÉSIR, *Tina Duncan* • *N°3333*

Lorsque son père lui impose la présence d'un garde du corps, Shara sent la colère la gagner. Quand daignera-t-on enfin lui faire confiance au lieu de la traiter en gamine capricieuse, juste douée pour s'attirer des ennuis ? Et comme si cela ne suffisait pas, Royce, l'homme chargé de la protéger, se révèle être un modèle d'arrogance et d'autoritarisme ! Une attitude qui la révolte... et qui la trouble plus qu'elle ne voudrait l'admettre. N'est-ce pas du désir qu'elle éprouve à chaque fois que Royce pose son regard brûlant sur elle ? Mais Shara le sait, si elle veut prouver à ses proches qu'elle est capable de mener sa vie par elle-même, elle ne doit en aucun cas céder à ce séducteur, qui se refuse à tout engagement...

LE SOUVENIR D'UNE NUIT, *Cathy Williams* • *N°3334*

Piégée dans son cottage par une tempête de neige, en compagnie de James Rocchi, le séduisant propriétaire du manoir voisin… Autrefois, Jennifer se serait réjouie de cette intimité contrainte. Mais pas aujourd'hui. Car jamais elle n'a pu oublier cette nuit où, quatre ans plus tôt, elle s'est offerte à James, persuadée que ce dernier partageait ses sentiments, et où il l'a repoussée sans qu'elle comprenne pourquoi. Ce souvenir est encore si douloureux que Jennifer, face à celui qui l'a autrefois humiliée, sent de nouveau la colère l'envahir. La colère, et des sentiments plus confus, contradictoires, intenses, qu'elle va devoir tout faire pour cacher à James si elle ne veut pas souffrir de nouveau…

LA VENGEANCE DE VITALE ROCCANTI, Lynne Graham • *N°3335*

- Les héritières rebelles - 1ère partie

En remontant l'allée de l'église dans sa robe de mariée, Zara ne peut réprimer un frisson d'angoisse. Car son futur époux qui l'attend près de l'autel, si beau et ténébreux, n'est autre que Vitale Roccanti. Vitale, l'homme qui a fait tant de mal à sa famille et avec lequel, quelques semaines plus tôt, elle a commis l'erreur de s'abandonner au désir, sans savoir encore qu'il ne cherchait qu'à se servir d'elle. Une erreur qu'elle aurait peut-être pu finir par oublier, si elle ne s'était pas trouvée enceinte ! Et voilà qu'aujourd'hui, elle est forcée de lier son destin à celui de cet ennemi trop séduisant…

A LA MERCI D'UN PLAY-BOY, *Lucy Ellis* • *N°3336*

Maisey est prête à tout pour assurer le bonheur de Kostya, le bébé orphelin qu'elle a recueilli. Aussi est-ce avec méfiance et désarroi qu'elle accueille la décision soudaine d'Alexeï Ranaevsky, le tuteur légal de l'enfant, d'en récupérer la garde. Car Alexeï a beau être immensément riche – en plus d'être incroyablement séduisant –, elle ne le croit pas capable d'entourer Kostya de toute l'affection dont il aurait besoin. Aussi supplie-t-elle le milliardaire russe de ne pas la séparer du petit garçon. A sa grande surprise, Alexeï lui offre alors de l'engager comme nurse. Une offre que Maisey accepte aussitôt. Même si cela implique de suivre Alexeï dans sa villa des environs de Naples, une propriété loin de tout où elle sera à sa merci...

Attention, numérotation des livres pour
le Canada différente : numéros 1787 à 1792.

Composé et édité par les

éditions HARLEQUIN

Achevé d'imprimer en janvier 2013

BRODARD & TAUPIN

La Flèche

Dépôt légal : février 2013

N° d'imprimeur : 71022

Imprimé en France